棄女翻身記 2

文創風 789

慕伊 著

風 文創
789

目錄

第六十一章　柳葉進京（二）

在柳葉一行人悠閒自得的時候，京都卻是炸開了鍋，因為不食人間煙火的順王爺鐵樹開花，被一個村姑得了手，竟連宮中的中秋夜宴都沒有參加。

「喂，你聽說了嗎？順王爺被人從王府裡劫走了，已經好幾個月了，消息全無，估計是凶多吉少了。」

「什麼呀，王爺是被妖女勾了魂，回不來了！」

「呸呸呸，敢咒我們家小十六，討打！」這是順王爺的粉絲。

「什麼妳們家的，王爺是我們的！」這是順王爺的另一個鐵粉。

「切，一群花癡，王爺早就有愛慕的女子了，這次是千里追妻去了，妳們就死了這條心吧！」某單身狗如是說。

「真的？快說說，是什麼樣的女子，讓我們謫仙樣的順王爺落了凡塵？是不是比京城第一美女莫三小姐還要漂亮？」風流男對那女子更有興趣。

「切，一個鄉下村姑，會種幾畝地就想染指我們的小十六，等她到了京城，看我不收拾了她去！」這是順王爺的愛慕者。

「什麼鄉下村姑，人家姑娘可是聖上親封的慧敏鄉君，順王爺這次就是特意去接人家姑娘的，據說已經到了四方鎮，不日就要進城了。無知之人，等見了慧敏鄉君，妳還得向人家行禮呢，還想收拾她？也不怕給自己招禍。」

「真的？那不是不用一日的路程就能進京了？哎呀，我怎麼莫名期待呢！不行、不行，我已經有蝶妹妹了，怎麼可以對別的女子有好奇心呢，要檢討。」某書生趕緊自我反省。

「你們說，那女子要真來了京城，聖上會給他們賜婚嗎？」八卦男好奇心起。

「憑她也配？做個侍妾都嫌埋汰，還想被賜婚？癡人說夢！」某女咬牙切齒。

「她不配，難道妳配不成？哈哈！」

四方鎮是京師城外最大的交通樞紐。過了這裡，坐著輕便馬車，不出兩個時辰就能看到京城城門。柳葉一行人在申時左右抵達四方鎮，順王府的人早就在鎮上最大的星羅客棧訂下整個小院，柳葉一行人便在這裡休整歇息。

用過飯食，司徒昊便回了自己房間，剛看完屬下送來的書信，房門便被敲響了。他隨手把書信放入抽屜，抬頭便看到柳葉探頭探腦地看進來。

「進來，扒在門上像什麼樣子，也不怕別人看到了笑話？」司徒昊沒好氣地道。

「嘿嘿，忙什麼呢？沒打擾到你吧？」柳葉背著手幾步來到桌邊，屁股一抬，就坐在桌子上。

「妳啊，明天就要進城了，還沒個正行。」司徒昊起身來到柳葉對面，輕輕刮了下她的鼻子。

「哎呀，明天就要進城了啊。」柳葉歪著頭，眼中眸光閃動。「小哥哥，你說，到了京城，我們住哪兒呀？」

司徒昊緊挨著柳葉坐下，笑道：「我在宣平坊有座別苑，少有人知道，我已經讓人過戶給妳了，等到了京城，你們就住在那裡。那邊雖不是權貴聚集地，住的卻都是些耕讀傳家的清貴人家。」

「可是，我只想住在小哥哥的心裡啊。」柳葉用手指指司徒昊的胸口，調皮地道。

司徒昊一把抱起柳葉放在自己腿上，無奈地道：「妳個丫頭，越來越沒規矩了，什麼話都敢說出口，也不害臊。」

柳葉順勢抱住司徒昊的腰，撒嬌道：「那小哥哥喜不喜歡？」

司徒昊在柳葉額頭上落下輕輕一吻，道：「不許對別人如此，知道嗎？」

「我只對小哥哥你沒規矩。」柳葉把頭拱進司徒昊的懷裡亂蹭。

兩人膩歪了一會兒，柳葉才坐直身子，雙手捧著司徒昊的臉，說道：「我知道，京城裡肯定會有很多你的愛慕者，你也會有很多你的不得已。我不會要求你承諾我什麼，既然已經認定了你，那我就會努力經營這份感情。撒嬌賣萌也好、嫵媚下流也罷，我會盡全力把你吸引在我身邊，讓你再沒有興趣去看其他女子。」

「有妳一個磨人精就足夠了。」司徒昊拉著柳葉的手放在自己腰上，自己也雙手環住柳葉，四目相對。「柳葉，妳記住，這輩子我司徒昊只愛妳一個女人，也只會娶妳一個。」

「嗯……」

柳葉只覺得眼前的俊臉越靠越近，最後自己只看到司徒昊那紅潤的性感嘴唇，忍不住嚥了嚥口水，湊了上去。

兩唇相觸，柳葉只覺得全身酥麻，驀地瞪大眼睛，然後她就做了件讓她羞憤欲死的事——她竟然一口咬在司徒昊的嘴唇上！趁著他吃痛的當口，逃也似地離開了房間。

司徒昊望著晃動的房門，無奈地笑了。這丫頭，嘴上花花，實際行動卻無，每次點完火就跑。為了自己的身體著想，得盡快向父皇請旨賜婚才是。

第二天臨出發前，輕風指著司徒昊受傷的嘴唇，大驚失色，忙問是怎麼回事？

司徒昊摸摸嘴唇，不腫了，輕風是怎麼發現的？繼而訕訕地道：「吃東西時不小心咬到的，不礙事。」

柳葉看著司徒昊一本正經地編瞎話，噗哧一下就笑了，惹得司徒昊惡狠狠地瞪過來，趕緊捂住嘴，悶笑著上了馬車。

柳晟睿還天真地問：「司徒哥哥偷吃什麼好吃的了，竟然還能自己咬了嘴唇？」

年齡稍大的飛白眼見王爺的臉色越來越黑，趕緊拉起柳晟睿鑽進馬車避禍去了。

臨近城門，司徒昊就帶著幾個人離開隊伍，先行一步進了城。輕風騎馬來到柳葉的馬車旁，隔著簾子對柳葉說：「姑娘，主子說一起進城太惹眼，怕對您的閨譽有礙，他就先行一步了，在別苑等您。由小的護您進城。」

「嗯，知道了。」簾子裡傳來柳葉的聲音。

八月二十七，未時一刻，柳葉一行人乘坐的馬車，緩緩地通過安化門，進入京城。

第六十二章　柳葉進京（三）

馬車一路前行，柳葉坐在車內，聽著街道上熙熙攘攘的人聲，以及後面馬車上柳晟睿和飛白的陣陣嬉戲聲，忍不住挑開窗簾，向外望去。

絢爛的陽光灑落在白牆青瓦間，那高高飄揚的商鋪旗幟、轆轆而來的車馬、川流不息的行人，無一不顯出京城的繁華喧囂。遠處，影影綽綽間，紅牆金瓦若隱若現，拐過一個彎，一角飛簷突兀橫出。那裡就是天宇王朝最高貴之所在，天朝皇宮——太微城。

晃晃悠悠間，馬車進了宣平坊，行到坊市中段，在左邊一座宅院前停了下來。柳葉一行人下了馬車，駐足觀看，乾淨的白牆、朱漆的大門，其上懸一匾額，上書「柳府」二字。正門大開，一眾僕役分列兩旁，門內疾步走出一人，不是提前到來的司徒昊又是誰？

兩人相視一笑，司徒昊率先開口：「趕緊進去，梳洗梳洗，先吃點東西。」

「嗯，餓死了，先吃東西。」柳葉摸了摸自己的肚子。

司徒昊滿臉笑意。「好，那我們直接去飯廳。福全，吩咐擺飯。」

僕役堆裡立刻出來一個中年漢子，手一揮，幾人迅速準備去了。

一進飯廳，柳葉的眼裡就只剩下滿桌的佳餚，有紅燒肉、糖醋魚、香菇雞湯、乾煸四季豆……幾十個碗碟擺了滿滿一大桌。柳葉衝司徒昊豎豎大拇指，拉著柳氏坐下，不再招呼其他人，也不需要人布菜，拿起筷子就埋頭吃了起來。

司徒昊在柳葉身邊坐下，不停地幫她挾菜，還時不時提醒她「慢點吃，別噎著」。邊上站立的丫鬟、僕役一個個低下頭去，不敢出聲。

湯足飯飽，一行人才來到前院正廳坐定，丫鬟、奴僕們紛紛前來見禮。

劉福全是柳府大管家，另有帳房一人、門房兩人、馬房兩人、外院灑掃兩人、回事處兩人、侍衛十人、外廚房三人，這是外院的全部配置。內院除了廚娘李氏，另有六個丫鬟、十個婆子，都還沒有具體分配。

柳葉咋舌，偷偷拉了拉司徒昊的袖子。「這也太多了，用不著這麼多人吧？」

司徒昊笑著搖搖頭。「只少不多。這些人大部分都是從順王府過來的，妳可以放心差遣。等妳安頓好了，再慢慢買些人進來。」

柳葉送了個大白眼給他，嘀咕道：「奢靡浪費。」

旋即把兩個丫鬟七彩和小巧給了柳氏，年歲最大的秋霜和冬雪給了柳晟睿，自己則留下彩衣和琳兒。十個婆子，三個主子一人兩個、二門兩個、內廚房兩個。又指派老胡統領侍衛處，芸娘做內院管家，桃芝、飛白繼續跟著自己和柳晟睿。

如此，內院人事也就分配完了。

接著就是住處的安排。柳晟睿雖然還不到十歲，但身為家裡唯一的男主人，還是安排他住外院正院的聆笙樓；柳氏當然是住進了後院正院蘅芜苑；柳葉自己選了離蘅芜苑最近的引嫣閣。一切分配妥當，眾人各自回院落歇息。

推開引嫣閣的院門，入目是一個灰磚鋪就的長方形小院。院中砌著一個花壇，上面陳放著十幾盆菊花，其中有些已經開出了碗口大的黃色花朵。花壇旁一棵紅海棠樹，枝條被修剪得疏密適度，整個庭院顯得古樸、靜謐。院後，一幢二層小樓，匾額上書「引嫣閣」三字。

柳葉的閨房設在二樓。房內紗幔低垂，朦朦朧朧，就連室頂也用繡花毛氈隔起，既溫暖又溫馨。陳設之物也都是少女閨房所用，極盡奢華，精雕細琢的雕花檀木床、錦被繡衾，簾鉤上還掛著小小的香囊，散發著淡淡幽香。

「怎麼樣？若是不喜歡，回頭讓人重新佈置。」司徒昊跟著進了房門，幾個丫鬟紛紛退下。

「還行，器物用具一應俱全，先這麼著吧，等安頓下來後有時間再佈置不急。」柳葉滿意地點點頭，張開雙臂就倒在床榻上。「累死了，以後這就是我的新家了啊！」

司徒昊走過來，坐在床邊，笑望著她。

柳葉拿手肘頂頂司徒昊，抬了抬眉毛，道：「喂，這座宅院值不少錢吧？我先聲明，我沒錢，可不會付錢給你。」

司徒昊抓住她的手，與自己的手十指相扣。「沒讓妳付錢，我的就是妳的。」

「好啊，這可是你說的，你的就是我的，我的嘛，當然還是我自己的。」柳葉調皮地眨眨眼。

「鬼靈精。」司徒昊輕刮了下柳葉的鼻子。「我先走了，妳好好休息，過幾天帶妳進宮。既然已經到了京城，還是要進宮去給皇上謝恩的。」

柳葉一下就從床上坐起來。「進宮？謝什麼恩啊？」

「傻丫頭，妳封了鄉君，不需要進宮謝恩？」司徒昊拍拍柳葉的手。「好了，別擔心了，我會陪妳去的。」

「等等，什麼時候進宮？要帶禮物嗎？」

「等妳先安頓好了再遞牌子，等宮裡有了消息就可以進宮了。妳想帶什麼？」司徒昊不禁有些好奇。

「那就是說，還要好幾天嘍？」柳葉想了想，又道：「還沒想好送什麼，明後天你有空嗎？過來一趟，或許有事要你幫忙。」

「好。」司徒昊站起身來。「現在好好休息，長途跋涉的，別累壞了身子。我先走了，明天過來吃晚飯。」

「嗯。」

站在窗口看著司徒昊出了引嫣閣，柳葉才伸了個大大的懶腰，也不叫丫鬟，自己收拾收拾就上床睡覺了。

這一覺一直睡到第二天的午時，神清氣爽的柳葉先是美美地吃了一頓，然後回房找出自己剛穿越來時記錄的那本筆記，想從中找出靈感，好拿去討好皇宮裡的那位皇帝陛下。

等到傍晚司徒昊過來，柳葉毫不客氣地請司徒昊幫她弄些牛奶、乳酪來，還給了他幾張圖紙，讓他幫忙找人打製工具、模具，又著手讓人在內廚房砌了個烤爐。

送進宮的禮物，其中一項就選蛋糕好了。皇帝是集天下財富以養一家的主兒，宮中貴人們什麼珍寶沒見過。蛋糕就相當不錯，親手做的，心意難得，最重要的是，貴人們都沒見過、吃過。當然，要討好皇帝，單單一樣還是不夠的，還需要一樣秘密武器。

第六十三章　藍夫人來訪

到京後第三天，藍夫人身邊的張嬤嬤來了，帶來了一車的炭火和日常用品。柳氏有些水土不服，一到京城就病了，留在院中養病，柳葉在花廳見了張嬤嬤。

「回鄉君的話，我家夫人得知鄉君來了京城，很是高興，七小姐昨兒就想過來，被我家夫人攔下了。您這剛到京城，有許多事要忙，等您忙完，再來府上拜訪。」張嬤嬤立在廳中，微微低頭，恭敬地說道：「京城的冬天來得早，夫人讓奴婢帶了些炭火和日常用品過來。知道鄉君這邊不缺這些東西，這也是我家夫人的一點心意，還請鄉君收下。」

柳葉忙開心地說道：「我這裡正缺這些東西呢，京城人生地不熟的，正不知道怎麼辦，還是夫人考慮周全，替我多謝夫人。」

「鄉君客氣了，這是請帖，夫人還託奴婢問問，五日後，夫人在府中設宴，不知柳娘子與鄉君是否得空前去？」張嬤嬤說著，送上一張拜帖。

桃芝忙上前接過，遞給柳葉。

柳葉拿著請帖，為難地說：「家母剛到京城，有些水土不服，正在院中養病，而且我這幾日正在忙進宮謝恩的事，煩請轉告夫人，等家母身體好些了，我們再上藍府拜謝。」

「鄉君要進宮？」張嬤嬤話一問出口，立刻意識到錯誤，連忙道歉。「老奴多嘴，請鄉君勿怪。」

「嬤嬤說的哪裡話，我們兩家可是老相識了，沒那麼多見外的話。」柳葉笑著擺手。

「正好嬤嬤來了，替我帶些東西給若嵐。」

「是。」

沒想到第二天，藍夫人就匆匆來了。

柳葉嚇了一跳，趕緊迎了出來。幾人在垂花門前相遇，互相見禮後，先去蘅芜苑看望柳氏。一路上，藍若嵐不時偷偷地看向柳葉，擠眉弄眼的。

藍夫人不禁好笑，瞪了藍若嵐一眼，道：「好了，別做鬼臉了。一會兒若是妳葉姊姊同意，允許妳留下來陪妳葉姊姊說說話。」

「嘿嘿，葉姊姊肯定會同意的，對不對？」藍若嵐立刻挽過柳葉的手臂撒起嬌來。

「求之不得。」兩個小姑娘手挽著手，進了蘅芜苑。

柳氏正在整理東西，繡樣、布料、絲線擺了一桌。柳葉見狀，上前就責問道：「娘，您這是做啥？還病著呢，不准動針線。」

柳氏嗔道：「妳這孩子，大驚小怪的，我就是有些水土不服，都快好了，這京城的天氣比青州可是冷多了，我就想著給妳和睿哥兒做件冬衣。」

「三娘，妳就好生歇著吧，有個這麼能幹的閨女，妳還有什麼好操心的？」藍夫人跟著進來，見到屋裡的情形，笑著說道。

柳氏驚訝了一下，馬上笑著迎上去。「哎呀，夫人，您怎麼來了？您看我這……快快快，裡屋坐。七彩，快上茶。」

眾人進了裡屋，七彩忙去上茶，小巧著手收拾桌上的東西。

眾人坐定，藍夫人率先開口道：「昨兒聽張嬤嬤說妳身體不適，我還擔心著，這會兒看妳氣色不錯，眼見著是要大好了？」

柳氏不好意思地笑了笑。「只是有些水土不服，吃了幾帖藥，今日身上輕快了不少，就想著活動活動手腳，沒想到您會過來，屋裡亂成一團，惹您見笑了。」

「是我唐突了，不請自來，一是擔心妳的身體，想來看看；二來，聽說葉兒這丫頭要進宮，有幾句話想囑咐她。」

「唉，這些事都是葉兒和王爺安排的，我這個做娘的，什麼忙也幫不上，還好您來了，還請您多指導指導這丫頭。」

「三娘見外了，妳我相識於清河，如今又在京城相聚，豈不是緣分？葉兒這丫頭，我可喜歡得緊呢。」藍夫人說完，又轉頭問柳葉。「牌子遞上去了嗎？宮中可有消息傳來？」

「還沒呢。」柳葉答道：「要進獻給陛下的禮物還沒準備好，王爺說，等事情都妥當了再遞牌子不遲。」

藍夫人點點頭。「這樣也好，時間充裕些。對了，宮中禮儀學得怎麼樣了？芸娘是從宮中出來的，妳可要好好跟著她學，別像嵐兒，一提到學禮儀就千方百計地逃避。」

聽到自家娘親拿自己做反面教材，藍若嵐把手絹往桌上一放，撒嬌道：「娘，有您這樣的嘛，在別人面前拆您女兒的臺？」

藍夫人笑道：「妳看看，哪有一點大家閨秀的樣子，哪有葉兒沈穩乖巧。」

柳氏也笑著接口道：「夫人您是不知道，葉兒這丫頭，這會兒也就是妳們在，裝裝樣子罷了，平日連樹都敢爬。這才來京城，就又不知道在廚房裡折騰什麼，搞得廚房都開不了伙，我們每天還得去外院領飯食。我是管不住她嘍！」

「哦？哈哈哈！」藍夫人聽後大笑。「其實兒孫自有兒孫福，孩子們懂分寸，知道什麼該做、什麼不該做，我們也該知足了。」

藍若嵐聽著兩人的話，不住朝柳葉使眼色。柳葉接受到訊息，忙開口道：「我這幾天琢磨了點好吃的，正好夫人來了，不如一起嚐嚐？」

「這個不急。」藍夫人擺擺手。兩個小姑娘的互動，又哪裡瞞得過她？「還是正事要緊。我這就跟妳說說進宮要注意的事項，芸娘畢竟離京幾年了，宮中的一些事，她現在也未必清楚。王爺是男子，更關注各個勢力間的關係，宮中貴人的一些小習慣，他未必清楚。」

「是，多謝夫人。」柳葉站起身來，福身施禮。

後宮妃嬪中，地位最尊者當然是皇后娘娘，可憐娘娘嫡子早夭，這些年來，娘娘不爭寵奪利，遠離紛爭，專心宮務，倒是頗得聖上敬重。娘娘待人寬和，最喜聰明伶俐的小輩。

貴妃馬氏，鎮國公之妹、怡王生母。早年也是囂張嬌蠻之人，這些年才漸漸收斂了性子，一心為兒子鑽營，身邊收攏祺嬪等一眾妃嬪為其所用。

靜妃雲氏，娘家世代清貴之家，權勢不顯，在士林中的影響力卻不容小覷。生有皇長子珞王殿下。靜妃體弱，長年臥病在床，萬事不理，在宮中如同隱形人一般。

第六十四章　重陽節登高

當今聖上育有九子七女，長大成年的有五子六女。天宇王朝祖制，除儲君外的其他成年男子都必須離京就藩。聖上尚未立儲，現今真正離京就藩的，只有無權無勢的舒妃之子，祁王司徒譽。

其餘四位皇子中，因皇后無子，貴妃之子怡王司徒佑便成了諸王中地位最高者。貴妃和怡王本人都是善於拉攏人心之人，又有鎮國公府的支持，朝中立怡王為儲的呼聲最高。長子珞王司徒宏因生母靜妃多病，雖幾次請旨就藩，卻都被皇上駁了回來，被特許留在京師侍疾。

祺嬪之子裕王司徒璟因是怡王一派，也無人敢提讓他離京就藩之事。而最小的司徒昊，雖已成年，司徒昊本人也想早日離開京師這個漩渦中心，卻被皇帝以尚未成親為由給留在了京師。

柳葉煩躁地放下手中的紙。上面記錄的是司徒昊和藍夫人為她整理出來的京城各權貴資料，以及各方勢力間錯綜複雜的關係。柳葉揉揉太陽穴，記這些東西，可比當初背歷史還要困難幾分。

明天就是重陽節了，入宮的牌子已經遞了上去，估計過完重陽就該有消息傳來。柳葉無奈地再次拿起那幾張紙，繼續埋頭苦記。

日上三竿，柳葉才悠悠醒轉，琳兒趕忙上前伺候。柳葉身邊有兩個大丫鬟，桃芝自然是丫鬟中地位最高的，另一個大丫鬟就是琳兒。

「小姐，您可算是醒了，王爺等您快有一個時辰了。」琳兒掀開幔帳，把幔帳掛在掛鈎上。

柳葉哀嘆一聲，一下子躺倒在床上。昨晚背資料背得太晚，把與司徒昊有約的事給忘得一乾二淨了。

「哎呀，我的好小姐，趕緊起身梳洗梳洗吧！」琳兒上前扶起柳葉，伺候她穿衣、梳妝。

「好琳兒，妳去跟王爺說我還沒起身，讓他先回去吧，今天不去爬山了。」柳葉開始耍無賴。

外間突然傳來輕咳聲，一個男聲隨即響起。「怎麼？想耍賴，不赴本王的約不成？」

「司徒昊？你、你怎麼在我屋裡？你、你不准進來！」柳葉驚叫一聲，立刻清醒過來，連忙招呼琳兒。「快，快幫我梳妝。」

外間傳來一陣悶笑。「梳洗完了，就來樓下吃飯。」

過沒一會兒，外面就傳來下樓的腳步聲。柳葉輕呼一口氣，迅速梳洗打扮起來。

一個時辰後，柳葉與司徒昊兩人便站在了京郊玉泉山腳下。

玉泉山因一眼清泉而得名。山腰玉泉寺中有一眼玉泉，泉水清馨甘冽，是難得的泡茶好水，京師富貴人家若能來此得上一壺玉泉回去，便屬難得。

北山白雲裡，隱者自怡悅。相望試登高，心隨雁飛滅。詩境雖美，現實卻往往很是骨感。才爬了一半的臺階，柳葉就已經累成了狗，雙手插腰，身子前傾，氣喘吁吁地道：「不走了，累死我了。」

「小姐，您沒事吧？」桃芝關切地問道，卻不上去扶自家小姐，因為早有人比她還快，扶住了柳葉。

「嘿嘿，活該，山下有小轎您不坐，偏要逞強自己爬臺階，您看這一路上，有哪家的姑娘、小姐是自己走路的？」輕風只要一離開京城，性格就會變得特別跳脫，柳葉把這歸結為壓抑太久後的人格分裂。

「哼哼，輕風，再敢取笑我，小心我向你家王爺告狀，給你配個醜八怪當媳婦。」柳葉手指著輕風，裝出一副趾高氣揚的樣子來。

司徒昊嘴角抽了抽，湊在柳葉耳邊，低聲說道：「輕風是個宦官，娶不了媳婦的。」

柳葉的臉瞬間變了，尷尬得不行，期期艾艾地向輕風道歉。「對不起，輕風，我、我不知道……」

「沒事，從小就進了宮，早就習慣了。」輕風擺擺手。「不過，您如果真要道歉的話，不如做個那什麼蛋糕給我吃唄！上次您給王爺做的那些，我們只能看著流口水。」

「想吃，等甜品鋪子開了自己去買，又不是沒給你月例銀子。」司徒昊狠狠地瞪了輕風一眼。

輕風縮縮脖子，不敢再放肆。

「走吧，前面有個亭子，我們先去那裡休息一會兒。」司徒昊說著，一把抱起柳葉就大步向前走。

「喂喂喂，快放我下來，讓人看見了不好。」柳葉著急地道，還用手拍司徒昊的胸口。

「這就是妳說的，小錘錘錘胸口？」司徒昊戲謔地看了柳葉一眼。

「……」柳葉無語，只得把頭埋進司徒昊懷裡裝鴕鳥。

輕風和桃芝兩人很有眼色，一人快步往前，一人向後退出，估計是清道去了。好在亭子離得不遠，沒多久就到了。亭子裡空無一人，早就被輕風請離。

琳兒匆匆趕上來，在亭子裡放上毛氈墊子，又在石桌上擺了幾樣茶水、點心，就悄無聲息地退了出去，與桃芝、輕風一起遠遠地守在路口。

司徒昊把柳葉放下，讓她坐好，又倒了杯水給她。「來，先喝口水。」

柳葉正好渴了，接過水杯，一飲而盡。

司徒昊笑了笑，又給柳葉倒了一杯。「要是玉泉寺的住持方丈看到妳這樣飲茶，我們就休想要到玉泉水了。」

「牛飲也是一種境界，一般人不會懂的。」柳葉哼道。

「哈哈！」司徒昊哈哈大笑，樂不可支。「就喜歡妳這大言不慚的樣子。」

「喂，王爺，你的冷傲呢？你的不苟言笑呢？」柳葉翻了個白眼。

「那是對外人，妳不一樣。」司徒昊伸手攬過柳葉，讓兩人的肩膀挨著肩膀。

柳葉轉頭看著司徒昊，問道：「那我是什麼人？」

司徒昊摸摸柳葉的頭。「妳知道的。」

「那你知道你是什麼人嗎？」

「什麼人？」司徒昊轉過頭來看著柳葉。

柳葉把頭靠在司徒昊的肩上，輕聲說道：「你是我的心上人。」

司徒昊嘴角的笑容漸漸擴大，兩人就這麼肩靠著肩，一起看遠處的風景，有一搭沒一搭地說著話。

直到太陽西斜，山風四起，兩人才不得不結束這親密時光，打道回府。最終，誰也沒能上到玉泉寺去討要玉泉水，卻都不覺得遺憾。

第六十五章　進宮謝恩（一）

回到家中，與家人一起吃了團圓飯、品了菊花酒。柳葉還替柳氏畫了一幅畫，祝柳氏重陽節快樂。柳氏又不禁感慨懷念了一番遠在清河的親戚朋友們。

「娘，節禮早就送過去了，清河那邊沒什麼好擔心的。若是想他們了，等我們安頓好就回去看他們，或是寫信請他們過來京城住都可以。」柳葉開解柳氏。

此時，兩人已在柳葉房中，母女倆相對而坐，中間隔著張桌子，柳葉正在收拾桌上的紙筆。

「嗯，也只能如此了。」柳氏看著女兒，猶豫了一下才道：「葉兒，進宮的牌子已經遞進去了吧？」

「嗯，王爺說，估計過完重陽節就會有消息了。」柳葉一邊整理桌上的紙筆，一邊答道。

「那……陛下會問起王爺和妳的事嗎？」柳氏也說不清自己這會兒是什麼心情，有擔憂，又有期待。怕陛下怪罪，又希望女兒能得償所願。

柳葉想了想，道：「不知道，應該不會吧。我才第一次進宮，即使在民間，也沒有第一次見面就提婚事的。」

「也是。」柳氏輕吁了口氣，又道：「葉兒，對於王爺，妳當真決定好了嗎？」

柳葉低著頭，臉紅了紅，卻語氣堅定地道：「嗯，既然喜歡了，總是要去爭取的。何況王爺對我也是真心實意的。」

柳氏嘆了口氣，從袖中取出一個小匣子，遞給柳葉道：「這是王爺當初交給我保管的。既然妳已經決定要跟王爺在一起，這個妳就自己收著吧！」

「是什麼？」柳葉伸手接過，打開盒子一看，一塊和闐紅玉雕琢而成的鳳凰玉珮靜靜地躺在匣子裡。柳葉驚詫地抬頭望著柳氏，她知道司徒昊給了柳氏一塊玉，卻沒想到竟是一塊鳳珮。

鳳凰，只有皇后才能使用的圖騰。

「王爺說，這是不死鳥，形似鳳凰，卻不是鳳凰。我剛拿到的時候也是嚇了一跳。」柳氏起身，深深地看了女兒一眼。「時候不早了，妳好生歇著吧。」

「好，娘也早點休息。」柳葉放下匣子，送柳氏出門。

回到房中，柳葉才仔細打量起這塊罕見的紅玉珮來。

這不死鳥的形象，不仔細辨認，還真的會被誤認為鳳凰。柳葉知道前世的不死鳥是西方神話裡的神鳥，不知道這個時空的不死鳥是什麼樣的存在？聽說這塊玉珮是司徒昊母妃的貼身之物，不會是皇帝陛下寵妾滅妻，又不能真的廢了皇后，才弄出這麼個酷似鳳凰、又不是鳳凰的不死鳥出來吧？

柳葉惡趣味地想著。把玉珮收進匣子，放到枕頭底下。明天讓桃芝找些彩線，編個絡子才好把這玉珮貼身掛著。

進宮的日子定了下來，九月十二未時入宮覲見。

這天卯時一刻柳葉就起床，帶著芸娘、桃芝和幾個丫鬟在廚房裡忙開了。白雪黑糯米甜甜、紅豆雪媚娘、原味冰淇淋、水果奶油蛋糕、酸奶布丁、杏仁雙皮奶。幾人分工合作，忙了一上午，湊成六樣甜品，每樣三份，分開裝成好幾個食盒，這些就是柳葉要進獻給皇帝陛下和皇后娘娘的禮物。

剛穿戴好自己的那身鄉君裝束，司徒昊就來接她了。柳葉打頭上了自己的車駕，桃芝、琳兒指揮著幾個丫鬟和婆子，把食盒搬到另一輛馬車上，也上了車。最後跟著的是一輛板車，上頭用油布蓋著，方方正正的，看不出裡面到底是什麼。

該說的前幾日都已經說過了，宮裡也早就安排了人，司徒昊見一切準備妥當，飛身上馬，車隊緩緩前行。

行走在宮道上，柳葉低著頭，跟在司徒昊身後，不敢說話，也不敢四處張望。趁人不注意，司徒昊偷偷伸過手來，握了握柳葉冰涼的手指。柳葉驚慌地抬頭，看到司徒昊滿眼放心的笑臉，心才漸漸安定下來。

也不知到底走了多少路、穿過幾個門，前方引路的宦官終於停了下來，立在一座大殿門前。

一個手持拂塵的大太監上前，躬身道：「順王爺、慧敏鄉君，請稍等。」

司徒昊點點頭。「多謝李公公。」

被喚作李公公的大太監進去通報沒一會兒就退了出來，對兩人行了一禮，道：「王爺，陛下說許久未與您下棋了，請您先去側殿準備著。」隨即又對柳葉道：「慧敏鄉君，陛下有請。」

司徒昊與柳葉對視一眼，柳葉微微一笑，跟著李公公進了大殿。拐了個彎，走進旁邊的小書房。

柳葉微低著頭，眼睛只注意著前方李公公的腳跟，見他停了下來，也跟著站定。

李公公的聲音傳來。「陛下，慧敏鄉君到了。」

柳葉不敢有一絲停留，立刻端正身形，肅立、下跪，拱手至地，上身跟著下俯，頭至地，穩穩地行了個稽首禮。「慧敏參見陛下，吾皇萬歲萬歲萬萬歲！」

上首一直沒有聲音傳來，柳葉也不敢起身，保持著頭觸地的姿勢，一動不敢動。

就在柳葉快要支撐不住的時候，頭頂一個蒼老卻中氣十足的聲音傳來。「平身。」

柳葉暗吁口氣，站起身來，卻不想叩拜的姿勢擺得有點久，腳不聽使喚，一個踉蹌，差點摔倒。

皇帝使了個眼色，李公公趕緊上前扶了柳葉一把。「鄉君小心。」

柳葉藉著李公公的手站穩，朝李公公笑了笑以示感謝，又對上首行了一禮。「謝陛下。」接著低眉順目地站在那裡，等著皇帝陛下問話。

「抬起頭來。」

上首的聲音又響了起來，柳葉聽話地微微抬頭，不敢與皇帝對視，匆匆瞄了一眼又趕緊低下頭去。只覺得案桌後面坐著的那個人，渾身都是黃燦燦的，至於長相……太緊張了，沒看清。

「長得倒也清秀可人。聽說妳給朕帶了禮物，是什麼？呈上來吧。」

「稟皇上，是件農具，東西太大，奴才讓他們擺在院中了。」李公公回道。

「哦？農具？」皇帝明顯訝異了，他完全沒想到，一個小姑娘家家的，竟然送了件農具給他當禮物。

第六十六章　進宮謝恩（二）

「是的，這農具叫水稻脫粒機，可以給水稻之類的作物脫粒用，快捷又省力。這是圖紙。」柳葉說著就從袖子裡取出圖紙，雙手奉上。

李公公接過圖紙，遞到皇帝手上。

皇帝取過圖紙，仔細看了看，問道：「這是妳想出來的？」

「是啊，我畫的圖，順王幫忙找匠人打製的——」

「大膽！陛下跟前，豈敢自稱『我』字?!」李公公一聲大喝，嚇得柳葉哆嗦了下，吶吶地不知如何是好。暗地裡卻是直翻白眼，不就是一個自稱，不小心說漏嘴而已，何必大驚小怪的？

「好了，不就是個稱呼，朕准了。德壽你個老奴才就別嚇唬小姑娘了。小心嚇壞了，小昊子找你算帳。」皇帝繞過大大的龍案，語調輕快地道：「走，去院子裡看看這個脫粒機。」

「是，老奴該死。」李公公也笑呵呵地，忙著上前伺候。

柳葉都傻了。這什麼情況？畫風突變啊！剛剛還高高在上、壓得人喘不過氣來的皇帝陛下，一眨眼工夫就變成了慈祥的鄰家老爺爺？

一個小太監好心地提醒發呆的柳葉。「鄉君，陛下已經去院子裡了。」

「哦，多謝。」柳葉朝那小太監笑了笑，跟著出去了。

來到院中，只見皇帝正圍著手動脫粒機打轉，看到柳葉出來，向她招手。「丫頭，過來，跟朕說說，這個怎麼用？」

柳葉上前，一腳踩在踏板上，一邊操作，一邊講解。「陛下您看，腳踩在這個踏板上，裡面的磙子就會轉動。我們只要抓住水稻的稈子，把有稻穗的一頭靠近磙子，上面的這些倒鈎就會把穀粒割離出來，掉進這個穀箱裡。」

「嗯，有點意思。德壽，去把司農寺的人給朕叫來，另外再找些東西來試試這個脫粒機。」皇帝就跟小孩得了新玩具似的，迫不及待地就想試試。

「陛下，這事不急，慧敏鄉君還有東西要進獻呢。」李公公回稟道。

「哦？還有什麼新奇的東西？」皇帝看向柳葉。

柳葉忙上前道：「是我親手做的一些吃食。」

「陛下，您這午膳也沒用多少，要不要去嚐嚐？奴才聞著那些吃食香甜，樣子也好看。」李公公很賣力地誇讚柳葉帶來的甜品。

「哦？甜食？那朕可要好好嚐嚐。」皇帝說著就要進殿，還不忘跟一個宦官說：「叫司農寺的人把東西準備好，朕一會兒要來試這脫粒機。」

「是。」一個宦官匆匆而去。

還是剛才那座大殿，只是換了個房間。

皇帝端坐在小圓桌旁，太監、宮女魚貫而入，小小的圓桌上很快就擺上六樣新奇的甜點。

「丫頭，過來。」皇帝喊道。

「是。」柳葉上前幾步，一看桌上的甜點，每樣吃食都缺了一塊，不禁暗自感嘆，做皇帝也不容易，天天吃別人吃過的東西。

「陛下，這些都是我一早起來親手做的。」柳葉一邊偷看皇帝，一邊介紹起甜品來。「這個叫水果蛋糕，上面白色的是奶油，陛下可以嚐嚐。」

李公公上前，在柳葉介紹時已經拿銀勺挖了一小塊蛋糕，放在皇帝面前的小碟子裡。

皇帝拿起銀勺吃了口，不由得讚道：「嗯，不錯，香甜可口，奶油入口即化，蛋糕鬆軟。德壽，晚上的消夜就吃這個。」

柳葉默了默。這是在暗示自己交出配方了?這交配方沒問題，可是該提醒的還是要提醒。「陛下，這奶油雖好吃，可是太過甜膩，為了您的龍體考慮，晚上還是少吃為妙。」

看著皇帝臉色不豫，又補充道：「蛋糕鬆軟好消化，陛下若是要當消夜，不加奶油，單吃這個蛋糕還是不錯的。」

說完又親自上手，把裝著雙皮奶的小碗往皇帝面前推了推。「陛下，這是用牛奶和雞蛋做的，我叫它雙皮奶，上面撒了一層杏仁片，陛下嚐嚐。」

皇帝卻不領她的情，瞟了柳葉一眼，道：「妳不是還要去拜見皇后嗎？趕緊去吧，朕這裡沒妳什麼事了。」又對李公公說：「把丫頭送出去，另外把司徒昊那個小混蛋叫進來。」

這是一言不合就趕人了？柳葉愣了愣，還是急忙行禮道：「慧敏告退。」一直倒退到門邊，才轉身抬步離開。

司徒昊進門後，對皇帝施了個禮，也不等皇帝喊起，就自己站起身，來到桌邊，伺候著皇帝每樣甜品都用了些。

看著皇帝把溫熱的雙皮奶吃完，卻是攔著皇帝不讓他再吃其他的了，吩咐道：「來人，把吃食都撤下去吧。」

「哎，你個臭小子，朕這還沒吃完呢。」皇帝一邊叫嚷著，卻也沒阻止小太監們把東西都撤下。

「父皇，這些東西都太甜膩了，其中還有兩樣是冰的，您嚐個味道也就是了，萬一要是吃多壞了身子，以後都別想再吃到這些東西了。」司徒昊勸道。

「陛下，王爺這也是關心您的身體，您就聽王爺的吧！」李公公也勸道：「您若真喜歡，下次讓御膳房做了送來就是了。剛才慧敏鄉君已經把幾樣吃食的做法都交給奴才了。」

「嗯，算那丫頭懂事。」皇帝在宮女的伺候下擦了嘴、淨了手，移步到窗邊炕上坐下，炕桌上早已擺好棋盤和棋子。

皇帝抬手指了指對面的位置，對司徒昊說：「來，陪我手談一局。」

「是。」司徒昊恭身上前，在皇帝對面坐下。

兩人你來我往地走了幾手棋，皇帝陛下突然開口道：「你小子眼光不錯，慧敏那丫頭雖出身鄉野，長得卻是清秀。目前看來，品行也好，她自己進獻的奶油，卻能勸朕少用些。如果不是你教她的，實屬難得。」

「父皇，這次您可冤枉兒臣了，兒臣可什麼都沒教她。」司徒昊說著，落下一子。

皇帝看著對面的兒子，道：「哦？那她怎麼知道朕喜歡吃甜食？要知道這個秘密朕可是一直守得很好，沒幾個人知道。」

第六十七章 進宮謝恩（三）

「我若說了，您可別生氣。」司徒昊笑了笑，繼續說道：「這次也算是歪打正著。慧敏打算開間甜品鋪子，這次送吃食進來，雖說是一片孝心，私下裡可是存著為她的鋪子造勢的打算呢。」

皇帝愣了一下，隨即大笑。「哈哈，小丫頭膽子倒是不小。不過，皇家的便宜可不是那麼好賺的。你回去告訴小丫頭，鋪子若是開張，給皇后送兩成股份過來。」

「是，父皇。」司徒昊毫不意外，依舊若無其事地下棋。

連下幾局，皇帝把棋子一扔，看著自己的小兒子，道：「好了，你也別在這裡磨時間了，你的心思，朕也知道。過幾天就讓皇后幫著操持，把慧敏那丫頭納進你順王府當個妾妃吧！」

司徒昊驚訝地看了皇帝一眼，繼而跪了下來，道：「父皇，請父皇賜婚，我要娶柳葉做我的正妃。」

「胡鬧！」皇帝的語氣裡帶了幾分嚴厲。「妾妃已經是正經的正三品王妃了。若不是看在你的王府裡連個伺候你的人都沒有，朕會如此抬舉她這個鄉下丫頭？會破例讓皇后出面操持？」

「父皇，兒臣不想讓葉兒受委屈。」司徒昊跪在地上紋絲不動。「她不是什麼鄉下丫頭，她是您親封的慧敏鄉君。堂堂鄉君，只配做個妾嗎？」

「那也是皇家的妾！」皇帝一拍桌子，怒道。

「父皇，兒臣愛她，就跟當初父皇愛兒臣的母妃是一樣的。兒臣求父皇成全。」司徒昊一俯到底，重重地磕了個頭。

「你……」皇帝怒指司徒昊，看著這個長得更像他母親的兒子，怒氣漸漸平息下來。「唉，那就娶了做側妃吧！」

看到兒子還是伏地不起，又怒道：「側妃是要上玉牒的，正經的皇家媳婦，你還嫌不夠？」

司徒昊繼續跪伏在地，倔強地不出聲。

「唉！」皇帝嘆息一聲，語重心長地說：「昊兒，她畢竟只是一介弱女，沒家族、沒後臺，對你的將來，沒有半點幫助。」

司徒昊抬起頭來。「兒臣的將來是父皇給的，兒臣的妻子不需要有顯赫的家世。兒臣只想跟她一生一世一雙人。」

「你……滾，你給朕滾出去！」一袖子甩落滿地的棋子，皇帝怒氣沖沖地指著司徒昊。

「陛下！陛下息怒啊！」李公公趕緊上前勸架，勸完皇帝又去扶司徒昊。「王爺，王爺還是先回去吧，若是真惹了陛下大怒，對慧敏鄉君也不好不是？」

司徒昊緊抿著唇，又重重地磕了個頭，硬邦邦地說了句「兒臣告退」就退了出去。

「……這……這……」皇帝手指了半天殿門，最後長長嘆了口氣，道：「兒女情長，英雄氣短。德壽，這小子是一點都不懂朕的苦心啊！」

「陛下。」李公公寬慰道：「王爺就是這麼個性子，您不也是最看重順王殿下的重情重義嗎？不然，您那麼多王爺、公主的，怎就偏偏最喜愛順王殿下呢？」

「唉，算了，這事就先這麼著吧。那小子倔得很，先冷他一陣子再說，朕還不信會治不了那臭小子。」皇帝擺擺手，自去批閱奏摺了。

「是。」李公公低頭答道。陛下有多寵順王殿下，外人或許不知道，他這個近身伺候的人可是一清二楚。陛下與順王殿下之間，不是君臣，更多的是父子之情。

司徒昊這邊挨了訓，柳葉那邊也不輕鬆。本以為只是拜見皇后而已，皇后寬厚，柳葉並不是很擔心，可沒想到長春宮裡人滿為患，估計滿宮妃嬪都到齊了吧？

柳葉站在廳中，被滿宮妃嬪用探照燈似的眼睛上下掃視著。皇后娘娘並不在，就在剛才，有個嬤嬤在皇后耳邊說了些什麼，皇后就找了個藉口出去了。

「本宮聽說，慧敏郷君原先在郷下是要下田種地的，很辛苦吧？」貴妃馬氏雖在跟柳葉說話，眼睛卻一直看著手上的蔻丹，語帶輕蔑。

「妾身兒時外出遊玩看過農戶插秧，赤著腳浸在又臭又髒的水田裡，渾身是泥。田裡還有一種叫水蛭的動物，專吸人血，妾身當時看到一個小姑娘腿上爬了好幾條。鄉君來自鄉間，不知有沒有這樣的經歷呢？」祺嬪語氣嫌惡，說完還拿帕子捂了捂嘴，有意無意地看向柳葉的雙腿。

「哎呀，那麼可憐啊？怪不得有些人千方百計想要脫離苦海，區區卑賤之身，也敢妄想著能攀龍附鳳呢！」蓉貴人斜了柳葉一眼，眼神輕蔑。

「蓉貴人，我聽說貴人的父親只是某個州府的從五品州官，不知貴人的家人巴巴地把貴人送進宮來，是否也存著攀龍附鳳的心思呢？若真是如此，那可真真是大逆不道了。」柳葉早就一肚子氣了，貴妃之流的她不好輕易得罪，一個無寵無權的貴人也敢狗眼看人低，就別怪她發飆了。

蓉貴人正要說話，祺嬪卻先她一步開口了。「鄉君真是愛開玩笑，我們這些後宮妃嬪，哪個不是盡心伺候皇上、皇后的？父兄在前朝盡忠，我等在後宮盡心，可不敢有攀龍附鳳的心思。」

「祺嬪真是好本事，妳我今日才第一次見，娘娘就知道我這人最愛的就是開玩笑了。」柳葉也笑了，笑容天真友善，可說出去的話就不那麼友好了。

「好個伶牙俐齒的丫頭！祺嬪堂堂一宮主位，豈是妳等卑賤之人能夠隨意議論的?!」馬貴妃臉帶怒色，開口斥道。

「我是皇帝親封的慧敏鄉君，敢問貴妃，何來卑賤之說？莫不是貴妃對陛下對我的封賞不滿？」柳葉也是個有脾氣的，脖子一梗，頂了回去。

「大膽！」馬貴妃一拍桌子，這就怒了。

「貴妃息怒。」一直坐著沒出聲的靜妃開了口。「慧敏就是個不懂規矩的小丫頭，貴妃姊姊何等尊貴，何必跟個小丫頭計較呢？」

「靜妃妹妹，本宮看妳是病糊塗了吧？她既不懂規矩，本宮自當要好好教她，也好讓她知道這規矩二字該如何寫。來人，掌嘴二十！」

第六十八章　進宮謝恩（四）

馬貴妃朝身邊的宮女使了個眼色，那宮女立刻上前，抬手就要給柳葉一巴掌。

「貴妃！」慵懶卻不容置疑的聲音響起，原來是皇后娘娘回到了殿中。

那宮女的巴掌最終也沒能落下來，悻悻地收回手，退回到馬貴妃身後。

皇后娘娘虛扶著女官的手，施施然走到上首坐下，才開口道：「貴妃妹妹，這是怎麼了？可是我長春宮的宮人伺候不周，惹貴妃妹妹不快了？貴妃妹妹儘管告知，本宮定當為妳作主。」

「皇后娘娘。」馬貴妃略欠了欠身，算是行了禮，指著柳葉道：「這丫頭目無尊長，不懂規矩，竟敢在本宮面前自稱為我，本宮正要好好教她規矩呢。」

「貴妃誤會了。」皇后理了理手上的絲帕。「慧敏這自稱，是皇上准了的。就是在皇上和本宮面前，也是這麼我來我去的。妳看這丫頭的年紀，跟我們的瑞瑤郡主一般大，就該這般活潑靈動才好呢！」

「是。」馬貴妃不情不願地應了聲，靠坐在椅子上，繼續欣賞自己的蔻丹。

「好了，這次慧敏進宮，帶了些新奇的吃食過來，其中有一樣，據說是前朝皇宮的不傳之秘——冰淇淋，眾位妹妹不妨與本宮一起去見識一番，嚐嚐慧敏的手藝如何？」皇后看了馬貴妃一眼，對下面眾人說道。

「皇后娘娘，妾身身體不適，貪不得涼，這次怕是沒這個口福了。妾身先行告退了。」馬貴妃站起身來，微福了福算是行禮，也不等皇后答應，轉身就出了殿門。

祺嬪、蓉貴人等人也起身告辭，匆匆追著貴妃離去。殿中只剩下皇后和舒妃等寥寥幾個妃嬪在座。

「皇后娘娘，我畢竟是第一次進宮，準備不足，這次帶來的吃食不多，剛才還在擔心呢，這下好了，不怕不夠分了。」柳葉做出一副如釋重負的樣子，化解這尷尬的局面。

眾人在皇后的帶領下，去了旁邊的小廳吃甜點。

好不容易應付完後宮的幾位娘娘，柳葉拖著疲憊的步伐，跟在皇后派來送她出宮的女官身後，緩步朝宮門走去。

行到一半，碰到來接她的司徒昊，那女官向司徒昊行了個禮。「王爺萬安。」

「去吧，我送慧敏鄉君出宮。」司徒昊點點頭，打發了女官，跟柳葉兩人相視一笑，也不說話，並肩向宮門走去。

出了宮門，柳葉才像洩了氣的皮球耷拉下來。桃芝、琳兒趕緊上前扶住自家小姐。

「姑娘，這是怎麼了？怎麼就跟打了場大仗似的，累成這樣？」桃芝關心地問道。

「噓，別說話，趕緊回去。」柳葉有氣無力地道。

「桃芝，趕緊扶妳家姑娘上馬車。」司徒昊心疼地說了句，有心想上前扶一把，可看看宮門口那麼多侍衛，還是忍了下來。

「是。」桃芝應了聲，跟琳兒兩人一起扶著柳葉上了車。

馬車緩緩前行，琳兒第一時間倒了杯溫水給柳葉。

一杯溫水下肚，柳葉感覺好了些，才有力氣說話。「桃芝，有沒有手爐？給我拿一個，裡衣都被汗水浸濕了，冷得很。」

「有有有。」桃芝趕緊裝了個手爐，塞給柳葉。還好出門前娘親讓她帶了個手爐出來，紅泥小爐裡的炭火也沒有熄過。

車簾一動，司徒昊鑽進車廂。「放心，沒人看到。」衝著柳葉笑了笑，在她身邊坐下來。

桃芝和琳兒很有眼色地退了出去。

「怎麼樣？累壞了吧？」司徒昊看到柳葉手上的手爐，朝外面喊道：「琳兒，去找輕風，把我的披風拿來。」

「是。」外面的琳兒應了一聲，沒一會兒就捧了一件披風進來。

司徒昊拿過披風，親手披在柳葉身上。琳兒又悄悄退了出去。

「沒那麼累，只是太過緊張，裡衣被汗水浸濕一次又一次，難受得緊。」柳葉把頭靠在司徒昊肩膀上，感覺昏昏沈沈的，她肯定是感冒了。

「回去後洗個熱水澡，讓桃芝給妳熬點薑湯喝。平時挺大膽的人，還敢對我拳打腳踢的，怎麼，見了皇上和皇后就被嚇成這樣了？」司徒昊倒了杯溫水，遞給柳葉。

柳葉放下手爐，伸手接過水杯喝了一口，才道：「那怎麼能一樣？仗著你對我的喜愛，我才敢在你面前放肆。宮裡那些人可不一樣，一言不合就能喊打喊殺的主兒，我能不慌嘛！」

「可我怎麼聽說，妳連馬貴妃都敢頂撞？」

「那不是話趕話，趕到那兒了嘛！」柳葉沒好氣地斜了司徒昊一眼。

「好了、好了，跟妳說正事。」司徒昊動了動身體，讓柳葉靠得更舒服一些。「父皇說，等妳的甜品鋪子開了，給皇后送兩成乾股去。」

柳葉坐直了身子，問道：「啊？為什麼？」

「傻丫頭，這是好事，有了皇家的關係，生意不好做也好做了。」司徒昊點了點柳葉的額頭，又道：「父皇這是在抬舉妳，是給妳今日表現的獎勵。」

「給獎勵還要分我鋪子的股份？你們皇家做事就是怪。」柳葉朝司徒昊調皮地眨眼。

司徒昊摸摸柳葉的頭，隨即沈下臉來。「葉兒，對不起，今天我跟父皇請旨了，他只肯讓妳做我的側妃，我沒同意，我只想娶妳做我的正妃。」

柳葉輕輕抱住司徒昊，輕聲說道：「傻瓜，請旨賜婚哪是那麼容易的事，你不用說對不起。」

「原本我沒想這麼快就跟父皇提賜婚的事，只是父皇他竟說要我納妳做妾妃，那是萬萬不行的，雖也是正三品的妃，但那是不能上玉牒的妾室，我怎麼能讓妳做妾？」

「其實是不是正妃又有什麼關係，只要我是你唯一的妻子就可以了。」

「哪怕是一點點的委屈，我都不想讓妳承受。葉兒，妳放心，我一定會娶妳做我的正妃。」司徒昊緊緊抱住柳葉。

「嗯，我信你。」

「現在事情鬧成這樣，以後妳在京中的生活或許會更艱難，對妳不利的流言蜚語會更多。」司徒昊輕輕撫摸著柳葉的長髮，滿是歉意地說道。

「那又如何？自從決定跟你在一起，我就知道會發生什麼事。只要你在我身邊，我就什麼都不怕。」

「葉兒……」

第六十九章　各方反應

與此同時，皇后寢宮內，皇后娘娘正在貼身嬤嬤的伺候下梳洗、換裝。

呂嬤嬤一邊幫皇后打散髮髻，一邊不解地問道：「娘娘，慧敏鄉君只是個鄉下丫頭，今天您何必如此抬舉她呢？」

「出身又有什麼關係？端看她身邊站著的人是誰就可以了。」

「什麼意思？」

「嬤嬤，妳還記得馬貴妃的封號是怎麼沒的嗎？」

「老奴記得，那還是前年的事呢。自進宮後就榮寵不斷的馬貴妃，因為對已故皇貴妃不敬，就被剝奪了封號，到現在也只能是個沒有封號的貴妃。」

「是啊，沒有封號的貴妃，雖然位分還在，卻也大不如前了。我們的陛下說剝奪就給剝奪了，這麼多年了，陛下心裡永遠都只有那個已故的皇貴妃。」

「陛下還是很敬重娘娘的。」

「呵……」皇后抿了抿嘴，不再說話。一個女人得不到丈夫的愛，要敬重有什麼用？

過了好一會兒，皇后才又道：「順王是她與陛下的唯一骨血，在陛下心裡的分量可想而知。慧敏那丫頭能得到順王的喜愛，也不知道是福是禍？」

「那還用說，她一個鄉下農戶出身，一躍成了鄉君，這不是天大的福氣是什麼？」呂嬤嬤手上不停，陪皇后說話的同時，給她綰了個簡單的髮髻。

「妳呀，聖心難測。」皇后搖了搖頭，繼續說道：「不過，目前來看，皇帝還是看重慧敏那丫頭的，竟要用本宮的名頭給她一個小小的點心鋪子造勢。嬤嬤，咱們就好好跟她處著吧，反正也沒損失不是？還能白得兩成的乾股。」

「是，娘娘您什麼都不用做，只要一心跟著皇上，總有娘娘的好日子過。」

「還有什麼好日子？我的盛兒早夭，本宮膝下無子，早就沒了指望，要不是想著端睿和我娘家的那幾個姪子，這宮裡的日子，本宮是一天都不想過了。」

「娘娘說的哪裡話，日後不管是哪位王爺繼承大統，您都是母后皇太后，若是順王爺得了帝位，那您就是唯一的皇太后。」

「算了，不想這些了，一切都在陛下的一念之間，我們做好自己的本分就好。」

「是。」

珞王府內，珞王妃走進珞王的書房，遣退眾人，來到珞王身邊，輕聲道：「宮裡傳來消息，順王爺向父皇請旨賜婚了。」

「哦？女方是什麼人？」珞王司徒宏擱下筆，好奇地抬頭問道。

珞王妃端起桌上的茶杯遞給司徒宏，道：「就是那個慧敏鄉君，她今日也進宮了。」

「嗯？具體情況知道多少，說來聽聽。」

於是，珞王妃把她知道的今日關於柳葉的事通通說了一遍，末了問道：「王爺，您說十六弟執意要個鄉下來的丫頭做正妃，圖的是什麼？不會真的是因為感情吧？」

司徒宏詫異地看了珞王妃一眼，嘴角翹了翹，說道：「或許吧。但我更希望這是十六弟在向眾人表達一個意願，一個他無意於那個位置的意願。」

「這……身為皇子，又得父皇寵愛多年，怎麼會對那個至高無上的位置無意呢？」

「唉！」司徒宏放下茶杯，神情有些落寞。「早年的一些事，妳不知道，我卻是親身經歷的。十六弟是真的有可能不想繼承那個位置，但是……父皇屬意的儲君，一直都只有十六弟一人。」

「這……十六弟從未在朝中擔任職務，一直以來都是遊山玩水、不務正業的，父皇怎麼會……」

「呵，這就是差距啊！在父皇眼裡，我們這些人都是臣子，是他玩弄權術的棋子罷了。只有十六弟，他在父皇面前是只論父子、不論君臣的。」

「啊？這……」珞王妃被驚到了，手裡的帕子無意識地絞動著，卻是不知該怎麼開口了。

「母妃體弱多病，宮裡那些人一個個巴不得抓本王的錯處，好讓父皇處置我。本王身為皇長子，卻是自幼缺少管教，一天到晚爬樹、鑽洞，倒也讓本王發現了許多不為人知的秘密。」

似是在回憶以前的事情，司徒宏過了足足有一盞茶的時間，才又開口說話。「父皇把我們當棋子，卻不知棋子也有可能逆襲。本王記得那個柳葉跟我們家瑞瑤差不多年紀，讓瑞瑤多跟她接觸接觸，適當的時候幫她一把，若是她與十六弟的婚事真成了，對我們來說只有好處，沒有壞處。」

「是，王爺。」

柳葉一回到府裡就立刻泡熱水澡、喝薑湯，結果還是病倒了。司徒昊請了御醫來，連喝了五天的藥才漸漸好轉。

身體一好，柳葉就召了老胡和芸娘來說話。當柳氏把老胡一家的賣身契還給老胡時，老胡和芸娘都愣住了。

「主母、姑娘，這……這是什麼意思？是不是我們哪裡做錯了？」老胡戰戰兢兢地問道。

「胡叔、芸姨，坐下說話。」柳葉笑著請兩人入座，說道：「老早以前我就說過，要還了你們自由身的。現在，只是履行承諾罷了。」

老胡搓搓手，找了張凳子坐下。他雖做過幾年順王府侍衛，可生性耿直，不愛思考，主家讓坐，他也就坐了。

芸娘卻不坐，急著道：「主母、姑娘，主家想著我們，是我們的福氣，可現在我們不能離開啊，家裡才到京師，還沒站穩腳跟，情況未明，這時候……」

「芸姨，就是因為情況未明，才要儘早把你們放出去。」柳葉打斷芸娘的話，說道：「一會兒我會給你們一千兩銀子，你們出去後就把蛋糕鋪子開起來吧，我會把我所知道的點心做法都教給你們，你們要盡快把鋪子做大，我的甜品屋還要從你們那兒進貨呢！」

「姑娘的意思是？」芸娘似乎明白了點什麼，又不敢確定。

「芸姨，我這人無法無天慣了，在這滿地都是權貴的京師，要是一不小心得罪了不該得罪的人，有你們在外面，也是一條退路。萬一哪天被趕出了京城，我們還能借到盤纏回鄉不是？」柳葉說著說著就沒了正經。

「姑娘，有王爺在呢，不會讓你們出事的。」芸娘替司徒昊刷存在感。

柳葉說道：「王爺當然是可靠的，可你們也不能只顧著柳家，桃芝姊姊年紀比我還大，該議親了；飛白也要儘早打算，總不能讓他一輩子做個書僮吧？」

第七十章 賞菊花宴（一）

「這……」說起自家的一對兒女，老胡有些動搖，看了看芸娘，等她做決定。

「好，姑娘既為我們考慮，那我們就聽姑娘的，一定好好經營鋪子，把它做大做強。姑娘日後有什麼不方便出面的事，也儘管吩咐我們去辦。」

「這才對，這些年著實委屈了你們，你倆一個王府侍衛、一個內宮女官的出身，卻被留在我家為奴為婢，是我們柳家對不起你們。」柳氏見事情談妥，也開口說道：「出去後記得多回來看看，一起住了這麼多年，怪捨不得的。」

「主母不要這麼說，在柳家的這幾年，是我們過得最快樂愜意的幾年，我們也捨不得主母、姑娘和哥兒。」芸娘說著，眼眶也有些濕了。

「好了、好了，這是高興的事，又不是不來往了。」柳葉把桌上的賣身契交給芸娘收好，說道：「這幾天就去把手續辦了吧，不過桃芝姊姊我想再留一留，改簽活契，總要請她幫我教幾個伶俐的小丫頭出來才能放了她。」

芸娘猶豫了一下，道：「要不，奴婢也留下吧？」

「不不不，芸姨，妳得盡快把蛋糕鋪子開起來，胡叔的性子可做不了掌櫃的。」柳葉連忙拒絕。「我的甜品鋪子也要盡快開起來，不然老這麼坐吃山空的，就要揭不開鍋了。」

「嘿嘿，還是姑娘了解小的。」老胡憨厚地笑了，眾人也跟著笑起來。

兩天後，柳葉打扮一新，帶著桃芝和琳兒去勇武侯藍府參加賞菊宴。

柳葉抵達時，花廳裡已經來了不少客人。眾人正在談笑風生，門簾一掀，一個妙齡少女款步近前。

只見她身穿粉色石榴裙、淡黃色小坎肩，長裙褶褶如月華流動，輕瀉於地，步態雍容柔美，烏黑長髮用髮帶束起，頭插蝴蝶釵，薄施粉黛，雙頰紅緋若隱若現，營造出一種肌如花瓣般的嬌嫩可愛，整個人好似隨風紛飛的蝴蝶，又似清靈透澈的冰雪……

「葉姊姊。」藍若嵐一見來人，忙起身相迎。

「若嵐妹妹。」柳葉笑著與藍若嵐握了握手，來到廳中，對著上首的藍夫人行了一禮。

「藍夫人安好。」

藍夫人見到柳葉很高興，笑著點頭道：「葉兒，怎麼就妳一個人來，妳母親呢？」

「夫人恕罪，府裡新添了幾個下人，我們又剛到京師不久，家母實在脫不開身，只好讓我帶了些禮物來與您賠罪了。」柳葉說著，又欠了欠身行了個禮。

「哦，有禮物？妳母親是不是又繡了什麼好東西，拿來我這裡顯擺了？快快拿上來。」藍夫人笑道。

桃芝和藍府的一個丫鬟掀簾進來，兩人合力抬著一個用紅綢蓋著的托盤。

柳葉把紅綢一掀，露出一扇小小的擺屏。屏風的底座和架子都是胡桃木所製，沒什麼特別的，倒是那屏風上的繡樣，正面是一幅螽斯綿瓞圖，背面卻成了芙蓉圖。

「這是……雙面繡？」客人中有個年長的夫人問道。

「是的，侯姊姊。」藍夫人笑道：「我這位柳家妹妹，繡得一手好繡工，只是性子實在內向了些，今天這樣熱鬧的日子，她竟然找藉口推脫了，回頭看我不去她家尋她去。」

「有這般繡工的女子，定是個溫柔嫻靜的，妳可別欺負人家。」侯夫人嗔怪地指了指藍夫人，又道：「妳說妳的這位妹妹姓柳，那這位是？」侯夫人指了指柳葉。

「這位就是聖上親封的慧敏鄉君，近日才抵達京師。」

藍夫人才介紹完，下面眾人就開始交頭接耳起來，好在這會兒是在藍府花廳，主人還在座，倒也沒有什麼不好聽的話語傳出來。

「嗯，長得倒是不錯。」侯夫人用探究的目光看著柳葉。

「是啊，人也聰慧，難得的是心性純善。小小年紀就在農事上有了超人的貢獻，實在難得。」藍夫人連連誇讚，很是欣慰的樣子。

「番薯的事，我也聽說了，確實不錯。只是女子麼，還是要以女紅、廚藝為主，一天到晚上山下地的，著實不像話。」一位夫人插嘴道。

柳葉看了看她，年歲不大，卻穿著老氣呆板，一看就是那種重規矩、愛說教之人。

「不知這位夫人貴姓？柳葉我初來京師，人生地不熟的，有個問題想問問夫人。夫人府上的農田，都是男子操持嗎？夫人後院的花花草草，也是男子侍弄？」

那位夫人用手指著柳葉，道：「妳……下地就下地，跟花花草草有什麼關係，休得胡說。」

「哪裡胡說了，花花草草不也是種在地裡嗎？即使有花盆，那也是要跟泥土打交道的。柳葉年幼，還請夫人解惑。」柳葉裝出一副熱情求教的表情來。

「葉兒，這位是禮部侍郎的孔夫人，快跟孔夫人見禮。」藍夫人趕緊出來打圓場。

「是，柳葉見過孔夫人。」柳葉上前行了個禮，一副乖巧的樣子。「柳葉年幼，話語不當，還請夫人不要與我一個晚輩計較才是。」

「葉姊姊、葉姊姊，我的禮物呢？」孔夫人還未說出什麼來，藍若嵐就拉著柳葉的衣袖開始撒嬌。

「有有有，少了誰的也不能少了妳的。」柳葉笑道。

「好了，若嵐，帶著妳葉姊姊出去玩，妳們小姑娘家家的，一起耍去，別杵在這裡打擾我們。」藍夫人笑著趕走了兩個姑娘。

侯夫人湊到藍夫人耳邊，說道：「這丫頭有意思，伶牙俐齒的，可是一點虧都不肯吃，跟妳年輕時一樣凶悍。」

「哼，那孔夫人也真是的，我還在這兒坐著呢，就敢說柳葉的不是。莊戶人家，女子下地，那是能幹會持家。也就是她，仗著自己夫君是禮部侍郎，就以為自己也是女子典範，四處說教，也不怕被人笑話。」藍夫人心裡不舒坦，乾脆也湊到侯夫人耳邊抱怨著。

「既然不喜，何必請她？」

「唉，抬頭不見低頭見的，總不能別人都請了，獨獨落了她吧？」

第七十一章　賞菊花宴（二）

不提花廳裡眾人的反應，只說柳葉這邊，跟著藍若嵐一起在藍府後院走了一圈，見了藍府的幾位主子，把禮物一一送到眾人手上。

藍老夫人是一對柳氏親手繡的靠枕，寡居的藍大夫人是一幅當代名家的山水畫，幾個小輩是一人一冊繪本，是柳葉親手畫的小豬佩佩的故事，當然故事細節跟前世的動畫是有差異的。至於藍府唯一在京中府裡住著的勇武侯藍老將軍，柳葉沒見著，只是讓人帶了一幅前朝字畫去外院。

送完禮物，藍若嵐帶著柳葉往花園裡去，年輕的小姐、姑娘們都在那邊嬉戲，有的在花壇邊賞花，有的在亭子裡喝茶，有的在人工湖邊餵魚，三三兩兩地聚在一起。看到柳葉過來，都竊竊私語起來。

「快看，那個是誰啊？沒見過，妳們誰認識？」

「好像就是那個慧敏鄉君……」

「跟順王爺傳流言的就是她啊？長得也就那樣，怎麼就入了王爺的眼呢？」

「哼，有些人天生下賤，竟做那勾搭人的下流勾當。呸，狐狸精！」一個穿玫紅衣衫的少女鄙視地看了柳葉一眼。

道。

「噓，小聲點，小心被她聽到了。」邊上有人勸她。

「聽到就聽到，我還怕她不成？不過是個泥腿子鄉君罷了。」那玫紅衣衫的少女繼續道。

「喂，祝夢琪，說誰呢？誰是狐狸精？誰是泥腿子？再胡說，小心我揍妳。」藍若嵐一步上前，指著玫紅衣衫的少女大聲道，看她那架勢，好似一言不合就要大打出手。

「幹麼，只准人做，不准人說了？她就是個狐狸精，不要臉。」祝夢琪明顯有些怕藍若嵐，不自覺地往後退了退，梗著脖子道：「京城裡誰不知道，順王爺跟欣雨姊姊是一對，他們倆才是郎才女貌，天生一對。妳這個鄉下來的野丫頭，癩蝦蟆想吃天鵝肉，不要臉。」最後一句話明顯就是對著柳葉說的。

柳葉眨眨眼。欣雨是誰？他們才是一對？有什麼自己不知道的事嗎？

還沒等柳葉有所反應，另一個粉色衣衫的姑娘開了口。「夢琪，休得胡說，我跟順王爺只是普通朋友，沒妳們說得那麼複雜。」

柳葉看了看粉衫少女，第一反應不是情敵見面，分外眼紅，而是抹額轉身，湊到藍若嵐耳邊說道：「好尷尬，撞衫了。」

「而且她身材還比妳好。」藍若嵐看了看兩人，毫不客氣地補了一刀。

柳葉捂著胸口作傷心狀，哀怨地說：「若嵐，妳站哪邊的？」

「好了、好了。」藍若嵐像個大姊姊似地拍了拍柳葉的背，說道：「情人眼裡出西施，只要昊表哥覺得妳美，那妳就是全天下最美的，其他人沒法比。」說著還掃了莫欣雨和祝夢琪一眼。

「藍若嵐，妳什麼意思？」祝夢琪看著兩人旁若無人地互動，怒火中燒。

「字面上的意思啊！」藍若嵐毫不在意地說道，還舉起自己的小拳頭看了看。

祝夢琪脖子一縮，立刻沒了聲音。

這時，一個丫鬟走過來，朝眾人行了一禮，道：「慧敏鄉君，我家郡主在那邊亭子裡，想請鄉君一起品茶，不知鄉君可否賞臉？」丫鬟朝著不遠處的亭子一指，一位大紅華服的姑娘席地而坐，面前的矮几上擺著一套茶具。似乎是感應到柳葉的目光，微微笑著，朝柳葉點了點頭。

「是瑞瑤郡主。」藍若嵐對柳葉說：「走，我們過去。」

柳葉想起來了，當初進宮時，皇后也提起過瑞瑤郡主。郡主是珞王司徒宏的長女、當今聖上的皇長孫女。珞王一家都是低調行事的人，只有這個瑞瑤郡主，八面玲瓏，深得皇上、皇后的寵愛，在京都貴族圈裡很吃得開。

看到柳葉和藍若嵐往小亭子走去，莫欣雨一行人也想跟過去，卻被來請人的丫鬟攔住了。「對不起，幾位小姐，亭子有點小，郡主說等泡下一壺茶的時候再請幾位小姐過去說話。」

「那就多謝郡主了。」莫欣雨微微一笑，帶著人轉身離開。

柳葉悄悄拉了拉藍若嵐，問道：「那個祝夢琪怎麼那麼怕妳？妳是不是把人家給揍了？」

藍若嵐嘿嘿一笑。「那年我去清河縣祖宅，就是去避難的，我把祝夢琪的手給打骨折了。」

「啊？」柳葉瞪大眼睛。「那時候妳才幾歲？好暴力，我喜歡。」

「嘿嘿，我父親可是勇武侯，世代武將，不管男女，都是自幼習武的。」

兩人說著話，沒一會兒就到了亭中。瑞瑤郡主也不擺架子，站起來與兩人見禮。

等幾人重新坐下，瑞瑤郡主才又開口。「慧敏鄉君，真是久仰大名，人還未到京城，關於妳的流言就已傳得沸沸揚揚。獻農策、種番薯，還拐跑了天宇第一才俊順王殿下，真真是女中豪傑啊！」

柳葉不知這瑞瑤郡主的用意，只是訕訕地笑了笑。「郡主見笑了。」

瑞瑤郡主好奇地打量著柳葉，道：「我真是好奇，妳是怎麼想的，怎麼會想到送農具給我皇祖父做禮物呢？還送吃食進宮，真是膽大啊！要知道，就是我這嫡親孫女也不敢送吃食進宮，連偶爾在御膳房裡做個羹湯表表孝心，那都是要喊了一大堆人圍觀的。」

「為什麼？」柳葉有些茫然。

「太危險唄！吃食太容易被人動手腳了，萬一宮中哪位貴人吃出個好歹來，下一刻就被抄家滅族了。」瑞瑤郡主故意嚇唬柳葉。

「哪有那麼嚴重？瑞瑤姊姊，可別嚇唬葉姊姊了。」藍若嵐護短，開口道：「她可不是我，神經大條，什麼玩笑都可以開。」

「妳呀！」瑞瑤郡主瞪了藍若嵐一眼。「護短也要看對象，妳看看妳葉姊姊，哪裡有被嚇到的樣子？」

柳葉卻是起身端端正正地行了個禮，真誠地道：「多謝郡主。」

瑞瑤郡主笑了笑，拉了拉柳葉的裙子。「坐下、坐下，咱們姊妹好好說說話。」

柳葉道了聲謝，坐了下來。好傢伙，才幾句話就成姊妹了。

第七十二章　甜品屋開業

「慧敏妹妹，我虛長妳一歲，就托大稱妳一聲妹妹。」瑞瑤郡主撥了撥紅泥小爐裡的炭火，繼續道：「妹妹的那些吃食，被皇祖母誇得好似天上有、地下無，不知妹妹有沒有想過與人合作？我在朱雀大街上有間鋪子，我用鋪子入股可好？」

「這……」柳葉有些不知該如何回答。目前來說，她的甜品屋差的就是一間鋪子，可找瑞瑤郡主合作，她從沒想過。「郡主說笑了。郡主天潢貴胄，哪裡看得上我們小女兒家的小打小鬧了？」

「唉！」瑞瑤郡主輕嘆一聲，苦笑道：「表面風光罷了。皇祖父、皇祖母的那些賞賜不能動，別人卻只見到我受盡恩寵，來往手面少了就會被人說道，哪裡知道我可是窮得很，恨不得一個銅板當兩個使。」

「開鋪子嗎？算我一份、算我一份！」藍若嵐也興奮地湊熱鬧。「不過我的銀子不多，只有二百兩，夠不夠？」

「嗯……那就一起合作吧！」柳葉想著司徒昊說過，他的那些兄弟裡，大哥司徒宏對他是最好的，從小就對他照顧有加。兩人年歲相差頗大，可以說珞王是看著他長大的。瑞瑤郡主既然是珞王的長女，交往多些也無不可。

「不過，郡主，您的鋪子我雖沒見過，但是朱雀大街上的鋪子可都是珍稀資源，郡主只需用租金入股就可。至於股份分配，皇后娘娘占了兩成，另外八成，我們根據入股金額分配。」關於股份分配，柳葉覺得還是早點說清楚的好。

瑞瑤郡主搖搖手道：「既然皇祖母占了兩成，那我也不好越過她去，也不用按比例分配了，我只占一成半就可以了。」

「那我也只占一成半。」藍若嵐聽瑞瑤郡主如此說，也接口道：「不過，能不能再加個人進來？」

「誰？」

「我的堂姊若夢，葉姊姊剛才也見過的。二伯家只剩下二哥和五姊了，二哥傷了腿，前途無望。五姊眼看就要十七了，祖母和母親都為她的婚事發愁，我想著，要是五姊能有自己的營生，嫁出去後也不至於太難過。」藍若嵐有些難為情地說道。

「藍五小姐是個可憐的。」瑞瑤郡主長長地嘆了口氣。

「好啊，只要妳五姊願意，我沒意見。」柳葉爽快地答應了。既然已經與人合作了，多一個又有什麼關係，再說還有藍若嵐的面子在呢。

藍若嵐抱了抱柳葉的胳膊。「葉姊姊最好了，我一會兒就去跟五姊說。不過五姊的體己銀子可能沒那麼多。」

「沒事，有多少算多少。」柳葉乘機摸了把藍若嵐的臉蛋，道：「妳們一個個這麼積極，就不怕我生意做不成，讓妳們吃了虧？」

「切～～」藍若嵐送了個白眼給柳葉。「那些甜品那麼美味，肯定很多人喜歡，而且皇后娘娘都入股了，怎麼可能虧本？」

這時，水壺裡的水咕咕地冒出熱氣，瑞瑤郡主理了理自己的衣衫，道：「好了，都坐好，我來泡茶，咱們以茶代酒，預祝我們合作愉快，生意興隆！」

柳葉與藍若嵐也趕緊整了整衣衫，端正坐好，準備好好欣賞一下這號稱京城一絕的茶藝。

沒幾天，藍若夢就送了二百兩銀子過來，也算了一成半的股份。柳葉不禁有些訕訕然，自己出資最少，卻是占股最多的一個。不過那幾位很明確的表示，她們不摻和鋪子的日常管理，柳葉也就心安理得地占了這多出來的股份。

有了瑞瑤郡主和藍若嵐這兩個超級地頭蛇的加入，柳葉的甜品鋪子不到一個月就裝修完畢，正式開業，店名簡單直接，就叫「甜品屋」。

上下兩層的鋪面，一樓大廳用半人高的鏤空隔欄分割成一個個小空間。沒有用普通的桌椅，而是柳葉請人製作的實木沙發，鋪著厚厚的棉墊，一坐上去，整個人就軟軟地陷進去。地龍把整個大廳燒得暖暖的，點上一份冰淇淋，坐在暖和的屋子裡，嘴裡吃著冰品，看著外面大雪紛飛……新奇的體驗立刻就風靡京城。

二樓是專為女客準備的，每個包廂都有不同主題，綠野仙蹤、夢幻天使、魅藍誘惑……沒有火盆，柳葉採用壁爐的設計，裡面的裝飾當然也充滿著滿滿的少女心，充分掌握甜品主要消費人群的心。

甜品的種類也多了不少，可惜沒有香蕉、芒果之類的熱帶水果，又因為季節原因，不少水果口味的甜品做不出來。柳葉只能暗自嘆息，暗暗下決心，明年一定要多做些果醬、罐頭，要讓鋪子裡全年都有用不盡的水果。

芸娘的點心鋪子也開業了，取了個很文藝的店名——如意。還專門設計了包裝盒，紙盒上紅色的「如意」兩字鮮豔奪目。鋪子裡除了蛋糕、麵包外，還有蛋塔、手工餅乾。本來還想賣牛奶、酸奶之類的奶製品，可是牛奶的供貨量跟不上，只能暫時作罷。

柳葉又一次拜訪了藍夫人。這次是為了柳晟睿的學業去的，原本司徒昊打算給柳晟睿找個大儒在府裡授課，可柳葉覺得小孩子還是要有玩伴才行，於是就想到了藍府的族學。

藍夫人聽了柳葉的來意，爽快地答應了。

「只要睿哥兒肯來，隨時可以來上課。只是我家畢竟是將門，除了文學，還有教授騎射、武藝，不知睿哥兒吃不吃得了這個苦？」

柳葉聽了，很是開心。「君子六藝，禮、樂、射、御、書、數，這一下子就能學了大半，我們睿哥兒可是有福了呢！」

雙方談妥，又給柳晟睿做了些上族學的準備，三日後，柳晟睿正式去了勇武侯府族學上課。芸娘來找柳葉，飛白便以陪讀的名義做了個旁聽生。

秋收一過，柳葉就把柳府大管家劉福全找來，讓他留意著買些田地回來。沒想到劉福全一出手，就買了個百畝的莊子。柳葉一開始還以為是司徒昊幫的忙，後來才想明白，京郊的田地早就被各個權貴大族給霸占了，根本沒有散田。至於這個莊子到底是看在誰的面子上才賣給柳葉的，柳葉就不得而知了。

第七十三章　又赴詩會

一年一度的皇家冬狩開始了。

司徒昊來詢問柳葉的意見，柳葉不想去。一來自己不會騎射；二來在滿是權貴的冬狩隨行名單中，自己一個鄉君實在不夠看；三來府中要忙的事實在太多，根本抽不開身。

十天後，司徒昊從冬狩獵場回來，給柳葉帶了一張完整的白狐皮做禮物。柳葉請柳氏幫忙做了件披風，棗紅色的織錦面料，只在披風的下襬處繡著滿滿的纏枝花紋，整張白狐皮做成了大大的毛領，披在身上，高貴卻不張揚，最重要是暖和。

柳葉撫著那柔軟舒適的狐皮毛領，實在滿意得不行。

柳晟睿也很開心，在藍府族學裡認識了新朋友，而且對於可以學習騎射、武藝，露出前所未有的熱情。男孩子麼，天生就對這類東西沒有抵抗力。

柳葉一邊囑咐柳氏在吃食上增加營養，一邊親自上陣，每晚都督促檢查柳晟睿的功課。

不管如何，從文才是正業，學武只是為了強身健體，她可不想自己的弟弟去馳騁沙場。看藍家四代同堂，卻是一府的女子，留在府中的只有一個藍老將軍，以及一個腿有殘疾的二孫少爺，柳葉就不希望自己的弟弟走從軍這條路。原諒她的自私，從軍實在太危險了，她仰慕、佩服軍人，卻不希望自家人去涉險。

這天，姊弟倆照例做完功課，柳晟睿躊躇了一下，對柳葉道：「姊，那畫冊還有新的嗎？慶哥兒他們問我要畫冊子看。」

慶哥兒是藍家大房唯一的子嗣，藍府第四代長孫，跟柳晟睿同年，兩人關係最是要好。

「沒有了，我就畫了那麼幾本。」柳葉不以為意，隨意地答了。

「啊？好可惜，本來還想送本畫冊給慶哥兒的。」

「怎麼？他們很喜歡這畫冊？」柳葉好笑地問。

「嗯，妳給的那幾本畫冊，他們早就互相交換看過了，一個個視如珍寶，外人想借都要被他們敲詐了去，還一個個求著被敲詐，好借書看。」

「你是說，族學裡的人都很喜歡畫冊？」

「何止是族學裡，外面都有人跑來借閱，還有人用明紙描繪來著。」

「哦？是嗎？」柳葉眼睛亮亮的。她似乎又發現了一條商機。

「姊，妳再畫一本唄！」柳晟睿央求道。

「這個……畫是肯定會畫的，但不是現在。姊最近忙著呢，暫時沒什麼時間。」柳葉敷衍著。她得好好琢磨連環畫的事，制定出一個可行方案來。

她先把計劃書寫下來，再畫幾本樣本，然後找司徒昊商量具體事宜，尋找相關專業人員，接著就可以出書了。柳葉想得很美好，可現實中總是有各種瑣事打擾她。這不，計劃書還沒寫完呢，請帖又遞了進來，是怡王府的賞梅詩會。

柳葉抹額，可憐兮兮地問宋嬤嬤。「能不去嗎？」

宋嬤嬤是芸娘離開後，司徒昊送來的人，為人嚴肅，不苟言笑。看到柳葉作怪，也不說話，只看著柳葉，柳葉就敗下陣來，洩氣地道：「好吧、好吧，我知道了，到時候一定去。」

「姑娘既然存了入主順王府的心，就該習慣這類聚會，更要儘早學會從那些婦人、小姐們的閒聊中獲取有用的消息……」宋嬤嬤又開始說教。

柳葉趕緊找了個藉口出門去了。正好可以去田莊看看，該為明年的春耕做準備了。

不管柳葉多麼不樂意，詩會的日子還是到了。

既然是詩會，赴會的就不可能只有女子，更多的是京城那些所謂的青年才俊。柳葉暗自揣測這所謂的詩會，實際上就是上流社會變相的相親聚會。

她穿上一件素白色的織錦長裙，上頭是柳氏親手繡的花樣，奇巧遒勁的枝幹、朵朵怒放的梅花，從裙襬一直延伸到腰際，用一根玄紫色的寬腰帶勒緊細腰，既顯出窈窕身段，還給人一種清雅不失華貴的感覺。

腰間繫著一塊翡翠玉珮，腕上戴著乳白色的玉鐲子，一頭長髮用髮帶綰了個簡單的髮式，髮髻上插著一支梅花簪，披散在背上的部分長髮也小心機地編了幾根麻花辮，相互交叉，即使寒風直吹，也不用擔心髮絲亂舞，影響形象了。

柳葉未施粉黛，只修整了眉形，再在唇上抹上淺紅色的唇紅，整張臉立刻明亮起來。再把那件白狐皮的披風往身上一披，氣質盡顯。

宋嬤嬤總算滿意地點點頭，送柳葉出了門。

賞梅詩會並不是設在怡王府，而是在京郊的王府別苑。別苑中有個梅林，穿過梅林就是人工湖，湖上九曲橋相連，男女賓客各占一邊。柳葉暗自好笑，果然是相親會，樹影綽綽的梅林就是最好的幽會地點。

雖是賞梅，但也不能真的讓各位身嬌肉貴的小姐、公子們在寒風中待上一天，男女兩邊各設了暖閣。柳葉徑直來到女賓的暖閣，繁瑣的禮節過後，環顧一圈，不見瑞瑤郡主和藍若嵐二人，柳葉只好找了個靠窗的位置坐下，一邊吃著茶點，一邊欣賞窗外的雪景和閣內的美女們。

「不如我們來打葉子牌吧？」這會兒暖閣內沒有長輩，一眾姑娘、小姐們乾坐著無聊，就有人提議玩點遊戲。

「葉子牌有什麼好玩的，況且我們那麼多人，不如吟詩作對吧？既是詩會，不作詩怎麼行？」祝夢琪看到柳葉，眼珠一轉，提議作詩。

「就以冬雪和梅花為題，眾位姑娘以為如何？」莫欣雨點頭附和，還定下了詩題。

「要不我們也學那些文人士子們，評出個一二三名可好？」一個橘紅衣衫的少女提議道。

第七十四章 詩會風波

橘衣少女長得極美，確切地說是嫵媚，是那種最適合成為花瓶的長相，年紀不大，卻已是明豔動人。雖已刻意掩蓋，但在眾女中還是一眼就能吸引他人的眼光。

柳葉只覺得此女眼熟，卻想不起自己何時認識過這樣一個美人？

「這是在聊什麼呢？這麼熱鬧。」就在這時，外面進來一隊婦人，打頭的宮裝婦人人未到，聲先至。

暖閣中的小姐、姑娘們齊刷刷矮了個頭，異口同聲道：「王妃萬安。」

「我說什麼來著？姑娘、小姐們肯定都在這暖閣中耍呢，偏偏王妃您關心這些個娃兒們，一定要過來看看才放心。」怡王妃身邊一位夫人討好地奉承著。

「我是主家，當然要多操心些的。」怡王妃和善地朝那夫人笑了笑，又轉回身來問眾位小姐。「都在耍些什麼呢？」

「我們正在商量著來一場作詩比賽呢！」祝夢琪挑頭說道。

「哦？作詩啊，這個好。不過既然要比賽，沒有彩頭可不行。前幾天我剛得了一對花鈿，就拿來給妳們做個彩頭吧！」怡王妃說著，朝身邊的侍女使了個眼色，其中一個侍女匆匆離去，取那花鈿去了。

柳葉很想落跑。她不擅詩詞，前世學的那些大部分都已經還給老師了，想要杜撰都難，只想著趁人不注意，偷偷溜走算了。而她也是這麼做的，可天不如人願，剛移步到暖閣門口，就被人叫住了。

「慧敏鄉君這是怎麼了？著急慌忙的是要去做什麼呢？」時刻關注著柳葉的祝夢琪出聲叫住了她。

該死的！柳葉暗罵一聲，看著只有一步之遙的門檻，只好硬生生轉回身來，道：「我看外面梅花開得好，正想去梅林逛逛呢。」

「莫不是鄉君不會作詩，借故要逃吧？」祝夢琪裝出一副恍然大悟的樣子。「也是，鄉君來自鄉間，不會作詩也不奇怪。」

「不好意思啊，我還真不會作詩，不過剛剛看著這漫天雪花略有所得，這就唸出來，各位小姐就隨便聽聽。」柳葉說完，低頭沈思了一下，才緩緩唸出了幾句詩來。

「非關癖愛輕模樣，冷處偏佳。別有根芽，不是人間富貴花。」

頓了頓，柳葉又道：「只可惜我才疏學淺，想詠個雪花，也只得了這半闕採桑子，哪位小姐大才，能幫我補齊這後半闕，我定感激不盡。」

柳葉說著，環視眾人，團團作了個福禮，道：「外頭梅花正豔，我就不打擾眾位雅興了。」

說完也不等眾人有何反應，就帶著琳兒出了暖閣，自去梅林賞花了。

納蘭性德的〈採桑子・塞上詠雪花〉雖只唸了半闕，總不至於跌分兒吧？

且不管暖閣中眾女的反應，柳葉披著披風，捂著手爐，悠然自得地在梅林裡閒逛起來。也不撐傘，任由雪花無聲飄落。

雪地紅梅，柳葉突然想起前世一部有名的宮鬥劇。女主角在雪夜去梅園祈福，唸了首什麼詩來著？

數萼初含雪，孤標畫本難。
香中別有韻，清極不知寒。
橫笛和愁聽，斜枝倚病看。
朔風如解意，容易莫摧殘。

「好詩！」背後突然響起一個男子的聲音。

柳葉驚詫地回頭，只見幾個少年、少女正往她這邊走來，剛才暖閣中的橘衣少女也赫然在列。

「誰說慧敏郷君不會作詩的？剛才暖閣中的那半闕已是驚豔，如今又得佳作，真正的好才情。」剛才說話的貴公子又連聲讚嘆。

柳葉默然，原來她不知不覺間竟是唸出了聲。可這首〈梅花〉不是古時一位姓崔的詩人所作嗎？

「這……公子恐怕是誤會了，這首〈梅花〉並非我所作。」

「那有什麼關係？美人吟詩，品的是一種意境。」貴公子大手一揮，毫不在意地說道：「在下靖國公府凌羽書，不知鄉君芳名？」

柳葉無語，微福了福，道：「凌公子有禮。」卻不提自己姓啥名誰。

「凌公子，我們快去找荷包吧，要是晚了，可就沒得選了。」橘衣少女開口說道。

「哦，好。鄉君要一起嗎？」凌羽書一邊答應著，一邊詢問柳葉的意思。

「不了，凌公子自去忙便是。」柳葉連忙拒絕。還是別摻和的好。

兩撥人各自離去，柳葉帶著琳兒才走了沒多久，琳兒就問道：「姑娘，為何不去找荷包？」

「為什麼要找荷包？」柳葉不解。

琳兒想起自家姑娘是第一次參加這賞梅詩會，剛才又不在暖閣中，怕是不知道情況，只好解釋道：「這是每年怡王府賞梅詩會的保留節目，少年、少女們在這梅林中尋找事先準備好的荷包，男子是藍色的，女子是紅色的。荷包裡畫著各種圖案，男女的圖案配成對者，就可以雙人合作，在接下來的才藝比賽中表演節目，優勝者自有獎勵。」

「那跟我有什麼關係？」柳葉依舊興趣缺缺。

「姑娘繪畫那麼好，何不趁此機會一展才藝，也好讓那些笑話您的小姐們看看？」琳兒只要一想起那些人輕視自家姑娘的眼神就來氣。

「沒關係，她們笑話我的時候，焉不知別人也在笑話她們呢！」柳葉說道：「再說了，司徒昊又不在，我可不想找別人配對去。」

人就是不經念叨，柳葉話音才落，還沒走幾步，就見司徒昊一襲白衣，正站在梅花樹下笑望著她。

柳葉快走幾步，迎上前去。「你怎麼來了？我都不知道。」

司徒昊替柳葉理了理披風，道：「聽說妳來參加詩會，就匆匆過來了。出來好久了？看著披風都濕了，定是剛才下雪時就出來了吧？也不知道帶把傘。」

柳葉摸摸鼻子道：「光顧著看景，都忘記時間了。」

司徒昊把柳葉的披風解下，遞給琳兒。「去幫妳家姑娘烘乾了再送過來。」又解下自己的披風給柳葉披上。

披風太長，柳葉只得雙手提著，才不至於讓披風落地，關切地問：「你把披風給我了，那你怎麼辦？」

「我沒事。妳忘了，我是習武之人，這種天氣還冷不著我。」司徒昊又幫她整了整披風，才道：「怎麼？不去找荷包？」

第七十五章　姊妹相爭（一）

「嗯？你要參加？」柳葉反問司徒昊。

「聽說今年的獎勵是滿足優勝者的一個心願。」司徒昊誘惑柳葉。

「啊？這怡王爺怎麼想的，竟給出這樣的獎勵，萬一有人提了個根本實現不了的要求呢？」柳葉不禁有些好奇起來。

司徒昊嘴角微翹，搖頭道：「不會的，都是京都權貴，抬頭不見低頭見的，沒人會提出過分的要求。」

「切，無聊，這不就是開個空頭支票要買人心嗎？」柳葉撇嘴。

「空頭支票？」司徒昊好奇。

「就是無法兌現的銀票。」柳葉無奈地解釋。自己實在太不小心了，每每在司徒昊面前說溜嘴，還是趕緊轉移話題的好。「你說，我們去參加這個才藝比賽，然後提個實現不了的要求怎麼樣？或者敲詐他個幾千上萬兩的，讓他出出血也好。」

「好啊。」司徒昊答應著，順手從樹上扯下一個藍色荷包，打開一看，紙條上畫著的是一枝毛筆。

柳葉看了眼圖案，犯愁了。「這個……相配對的是什麼？墨還是紙？或許同樣是筆？」

「不清楚，我也是頭一次參加這個活動。」司徒昊無奈地搖頭。「繼續找其他的吧。」

「好。」兩人繼續邊聊邊找著荷包，誰也沒提到底能不能拿第一的事。

可惜兩人行動得有些晚了，總共也就二、三十個荷包，兩人找遍整個梅林也只得了三個。一個藍色的是筆；兩個紅色的分別是薔薇花和一柄劍。沒一個能配上的。

柳葉不免有些悶悶不樂的，跟著司徒昊走出梅林，往聚集地走去，前方傳來幾人的說話聲。

「哎呀，新柔，快看看，妳那邊都有些什麼圖案？」這是祝夢琪的聲音。

「祝姊姊，我這裡還剩最後一個荷包了，是枝筆，不是妳要的薔薇花。」

另一個聲音響起，有些耳熟，柳葉想起是那個橘衣少女。

新柔？怪不得自己覺得熟悉，原來是那同父異母的妹妹啊。幾年不見，出落得越發漂亮了，而且貌似性子也改了不少。

柳葉與司徒昊對視一眼，朝那群少年、少女走去。好傢伙，都是熟人，除了祝夢琪、夏新柔，莫欣雨和剛才見過一面的凌羽書都在。

「我有薔薇花，跟你們換那枝筆，可以嗎？」柳葉率先開口。

「好啊、好啊，夏姑娘，妳那枝筆也沒用，不如就交換吧！」凌羽書第一個贊成，一點都沒有那畫著筆的荷包不是他的東西的自覺。

莫欣雨卻是拉了拉夏新柔，跟她使了個眼色，然後對著司徒昊福了福。「王爺萬安，王爺今日怎麼也來詩會了，也要參加才藝比拚嗎？」
司徒昊從出現在人前時，就又變成那個生人勿近的冷漠王爺，這會兒別說是說話了，連個表情都沒給，就這麼直挺挺地站在那裡。
「怎麼樣？夏姑娘，換不換？」柳葉再次開口問道。
「我……」
夏新柔這會兒很糾結，她早已看到柳葉他們只有一個藍色荷包，現在柳葉跟她換筆，也就是說，藍色荷包裡的圖案是筆無疑。誰有紅色的筆，誰就能跟順王爺配成對。
她也很想有這麼一次近距離接觸司徒昊的機會，可是……
夏新柔這會兒很糾結……看了看周圍的人群，夏新柔揉著那個紅色荷包，怯怯地道：「那個，一開始就說好了的，只拿自己需要的荷包，我的荷包已經配好對了，這個畫著筆的荷包，我不能隨意給人，要聽大家的。」
說著，還把手中的荷包遞給莫欣雨。「莫姊姊，請莫姊姊決定荷包的歸屬吧。」
莫欣雨看著手中多出來的荷包，躊躇半天，才挪步到司徒昊跟前，微低著頭問道：「王爺，不如……我們一起合作吧？」
聲音輕柔，欲語還休。
司徒昊還是不說話，看著面前的莫欣雨，嘴角微翹。
柳葉突然想起祝夢琪以前說過的一句話——莫欣雨和順王爺才是一對。

所以，這會兒算是找著機會了？

「好啊！」柳葉先開了口，還把手中的荷包全都塞給司徒昊。「給你，正好我有些累了，去暖閣裡歇歇，你們去玩吧。」說完轉身欲走。

司徒昊長手一撈，把柳葉拉到自己身邊，說道：「等我，一起走。」

兩個人轉身就走，司徒昊還隨手一拋，三個荷包遠遠落入旁邊的人工湖裡。

莫欣雨拿著手裡的紅色荷包，不知所措，泫然欲泣。夏新柔眼珠子一轉，湊到祝夢琪耳邊，輕聲說了句什麼。

祝夢琪一聽，立刻憤怒地對柳葉喊道：「站住！」

這一聲喊得極大，周圍的人都把目光投向了他們。

「還有何事？」柳葉回過頭來。

「哼，果然是鄉野村姑沒教養。聖上都已經拒絕你們的請婚了，妳還纏著順王爺做什麼？不要臉，臭婊子——」

祝夢琪的話還沒說完，只聽得「啪」一聲，左臉火辣辣地痛，她都懵了，捂著臉不知道發生了什麼事。

司徒昊站在柳葉身邊，背著手道：「這是本王第一次打女人，不要再讓本王聽到妳胡言亂語，否則……」眼睛微眯，眼中凶光乍現。

而此時的柳葉早已眼成心形，犯起了花癡。這動作帥啊！都沒見他動過，一巴掌就這麼打了過去。

莫欣雨卻是抬起頭來，表情複雜，直視著司徒昊。「王爺當真向聖上請婚了？聖上拒絕了？」

「沒有。」司徒昊故意提高了音調，道：「父皇有意讓本王納慧敏鄉君為側妃，本王拒絕了。柳葉只會是順王府的正妃。」語氣堅定，還掃視了周圍看熱鬧的人群一眼，拉起柳葉就往暖閣方向走。

「王爺！」夏新柔走出人群，扶著莫欣雨，道：「王爺，莫姊姊等了您這麼多年，您就真的無動於衷嗎？」說著也跟著莫欣雨一起抹起眼淚來。

「就是，她就是個鄉下丫頭，哪裡比得上欣雨？欣雨可是京城第一才女，琴棋書畫樣樣精通，又對王爺一往情深。王爺，您不能這麼無情。」莫欣雨那夥人裡，又一個姑娘跳出來說道。

第七十六章　姊妹相爭（二）

柳葉怒了，冷笑道：「哦？一往情深？照妳們的理論，只要是仰慕王爺的人，王爺都得娶回順王府供起來？那樣才顯得王爺重情重義，是嗎？可惜啊，順王府就那麼大，塞不下妳們這麼多美人兒，要不，妳們彼此打一架，誰贏了誰住進順王府去？」

「柳姑娘，我們都知道妳剛從鄉下來京城沒多久，行事難免衝動些，可是妳剛才那些話，實在不是一個大家閨秀該說的，會顯得妳沒有教養。」夏新柔一副為柳葉著想的樣子，勸道。

「我怎麼說話的，還不需要妳來教。」柳葉撇撇嘴。別以為她沒看見她跟祝夢琪咬耳朵的事。「裝模作樣的給誰看呢？」

「我……」夏新柔正想反駁，卻被柳葉打斷了。

「我什麼我，收起妳那小白花的樣子，看著讓人噁心。」柳葉送了個白眼給夏新柔。

「我……妳……」夏新柔委屈得都要哭了，眼淚在眼眶裡直打轉，不知道該怎麼回話。

「柳葉，妳別太過分了，新柔比妳還小一歲呢，妳怎麼能這樣欺負她，看她都被妳罵哭了！」祝夢琪怒視柳葉，大聲指責。

「喲，祝姑娘還真是好氣量，她挑唆妳說出請旨的事，害妳挨了打，妳還能幫她說話，果然是大家閨秀，氣度不凡，柳葉佩服。」說完還裝模作樣地抱拳行了個禮。

「妳！我沒有，祝姊姊，我只是把我知道的告訴妳罷了，沒有要挑唆妳的意思。真的，妳要相信我。」夏新柔趕緊抓著祝夢琪的衣袖表心跡。

「沒事，我相信妳。」祝夢琪一邊安慰著夏新柔，一邊怒視柳葉。「妳以為人人都是妳？自己下賤，看別人也都是不懷好意的。新柔的父親好歹也是從五品的員外郎，新柔自己也頗得怡王妃賞識，豈是妳一個泥腿子可以比的？」

「呵，攀上怡王府果然不一樣了，還當上從五品的官了。」柳葉輕笑。「看樣子，妳這個商戶女的身分也水漲船高了，可惜教養沒什麼長進啊。」

「妳！」夏新柔氣得不行，脹紅著臉道：「妳才沒教養，有娘生，沒爹教！」

「是啊，我那個爹一巴掌差點拍死自己的親生女兒，害得我娘帶著我和離出府。倒是便宜了那個妾室，一躍成了正室娘子，這會兒都當上官家太太了。」柳葉看著夏新柔，眼中意味不明。「夏小姐，你們同出自青州，妳可知我那渣爹的近況？」

「這是怎麼回事？夏家跟柳家有關係？」

「不清楚啊，但他們確實都是青州人士，只是夏家來京城也有七、八年了吧？」

「啊？那這鄉君還找夏姑娘問她父親的情況？」

「哎，你們還真是天真，聽這慧敏鄉君的話，這兩家指不定有什麼恩怨呢！」

「對對對，搞不好柳葉就是那個和離出去的夏新柔的嫡姊！」

「不可能吧？一個姓柳，一個姓夏。」

「誰知道，或許柳葉改了母姓呢！」

周圍人群紛紛八卦起來。他們已經憋了很久，順王爺請婚的事，礙於王爺氣場太大，不敢當面議論，但這夏家和柳家……後宅陰私，誰不好奇啊？

「嗚嗚……」夏新柔一聽周圍人的議論，立刻撲進莫欣雨的懷裡，傷心地哭了起來。「莫姊姊，怎麼辦啊？妳聽他們都說些什麼啊。來京城的時候我還小呢，根本不認識什麼柳家。」抽抽噎噎的，好不委屈。「莫姊姊，我、我只是想幫莫姊姊，沒想到……沒想到給家裡帶來這樣的流言，我……父親、母親肯定會打死我的。」

「好了、好了，他們都是亂說的，沒事的，在事實面前，流言會不攻自破。」莫欣雨安慰著夏新柔，眼睛卻滿懷敵意地看著柳葉。

柳葉突然覺得挺沒勁的，拉了拉司徒昊的手，道：「累了，回吧。」

「好。」司徒昊幫柳葉整了整披風，牽著柳葉的手就走。

「哎，莫姊姊，妳看，他們那個不要臉的——」祝夢琪氣得跳腳，指著手拉著手的兩人正要開罵，「啪」的一聲，一顆珠子掉落在雪地裡，而祝夢琪只有捂著手指「哎喲哎喲」叫喚的分兒。

「下次再敢亂指，直接砍斷。」司徒昊的聲音傳來，似寒風颳過，讓人忍不住打了個哆嗦。

回程的路上，柳葉與司徒昊同乘一輛馬車。

柳葉看著司徒昊，問道：「你就沒有什麼話要對我說的嗎？」

「……」司徒昊無奈地聳聳肩，道：「莫欣雨是左相府三小姐，多年前父皇曾有意給我們指婚，被我拒絕了。莫三小姐覺得自己受了欺辱，放出話來說自己一輩子不嫁人了。左相進宮哭求，我不勝其煩，離開京城，這事就不了了之。沒想到……」

「怎麼？現在知道莫三小姐對你一往情深，為你苦等多年，蹉跎青春，是不是很感動？要不要我成全你們這對苦命鴛鴦？」柳葉翻白眼。這都什麼事，自己莫名其妙就成小三了？

「生氣了？」司徒昊伸手去拉柳葉的衣角。「我真不知道事情會變成這樣。我……我認錯，當初不該一走了之，應該把事情徹底解決。葉兒，妳可不能不要我，千萬別說成全我跟誰之類的話，我會傷心的。」

見拉衣角沒反應，司徒昊改去拉柳葉的小手，還撲閃著他那雙漂亮的大眼裝可憐。

「噗哧！」柳葉終是繃不住，笑了出來。「好啦，我沒怪你，這點信任還是有的。即使不相信你，我也該相信我自己才是。我長得貌美如花、傾國傾城，若還搞不定你一個愣頭青，豈不丟人？」

說著，柳葉還拋了個媚眼給司徒昊。

司徒昊愣了愣，隨即撲身上前，道：「那……現在我這個愣頭青想要親近親近某隻小妖精，不知道小妖精同不同意？」

「司徒昊，現在可是在馬車上，你可別亂來啊！」柳葉雙手頂住司徒昊撲來的身體，眼神亂飄。

第七十七章　轉眼又一年

「馬車上不行，那回到房間裡就可以了？」司徒昊繼續靠近。

「不行不行都不行！」柳葉連忙拒絕。「司徒昊，快坐好，跟你說正事呢。」

看柳葉真急了，司徒昊也不再逗她，坐回位子上，問道：「什麼事？」

「那個夏家，就是夏新柔的父親，怎麼就成了從五品的員外郎了？」柳葉輕吁口氣，整了整衣衫，穩定情緒。

「夏玉郎借助怡王府的關係，向朝廷捐了個工部員外郎的出身。只是個出身，沒有正式任職。」

「還能捐官啊？」柳葉頗感驚訝。

「國庫空虛，何況捐官這種事自古有之，也不算稀奇了。」司徒昊輕嘆口氣，繼續道：「不過我朝只能捐些低品級的虛職，或是捐個官家出身，能享受官身的地位待遇，卻不能任實職。朝廷正在辦事的官員，還是要通過層層考核才能被任命。」

「那……我是不是也可以捐一個？」

「給誰捐？睿哥兒還小呢，讀書也不錯，還是正經走科考的好。至於妳，妳現在是鄉君，以後是順王正妃，還需要捐官嗎？再說了，我朝也沒有女子捐官的先例。」

「嘿嘿，開玩笑的嘛！」柳葉打著哈哈。

「葉兒，我知道，來京後妳受了不少委屈，妳那親生父親又捐了官身，妳肯定心裡難過。不過請妳相信我，我一定三書六禮、大開正門聘妳入府，讓那些膽敢嘲笑妳的人看看，妳柳葉值得這世上最好的。」司徒昊看著柳葉，認真地說。

「嗯，我信你，你就是這世上最好的。」柳葉把頭靠在司徒昊的肩膀上，好一會兒才說道：「我自己倒不在意那些冷嘲熱諷，我只是擔心睿哥兒，他在外面讀書，萬一……」

司徒昊伸手攬住柳葉的肩膀。「寶劍鋒從磨礪出，這些經歷對睿哥兒來說，未必就不是好事。」

後來柳葉才知道，那天詩會上後來發生的事。

莫欣雨似是受了打擊，沒參加才藝比拚就提前回了府。倒是夏新柔，當時哭得那麼悽慘，竟是參加了比賽，赤著腳在雪地裡舞了一曲，震撼全場，得了第一名，不僅得到一個琉璃珮，怡王妃還答應幫她實現一個願望，至於是什麼，據說夏新柔當時沒說，眾人也就無從得知了。

至於柳葉留下的那半闕採桑子，至今還沒人填出下半闕。不是沒人填，相反的，填詞的人很多，只是誰都不服誰，都能從別人的詞裡找出缺陷來，把對方的詞貶得一文不值。

柳葉聽說後也只是笑了笑，這大概就是所謂的文人相輕吧，反倒是成就了她這個抄襲者。

瑞瑤郡主和藍若嵐聽說了柳葉在詩會上的遭遇，都跑來慰問。

藍若嵐更是氣呼呼地罵了半天，直後悔自己當天沒去，不然定要那祝夢琪和夏新柔好看。在後來的幾場聚會中，還對這兩人橫眉豎目的，硬生生把自己推上京都貴女圈第一彪悍女的位置。藍夫人是又氣又愁，頭髮都白了一大把。

柳葉卻是沒精力理會這些事了，她連著發了好幾天的燒，連中宮皇后都驚動了，不僅派了御醫來，還賜了不少藥材。

都說病來如山倒，病去如抽絲。退燒後的柳葉又斷斷續續地咳了半個多月。

司徒昊也是每天報到，陪了柳葉半個多月，連每年春節的宮中宴請都是匆匆露了個面就不見人影，惹得皇帝陛下既氣又無奈。京中貴女們更是各種羨慕嫉妒恨，一邊詆毀柳葉，一邊又巴不得生病的是自己，被順王爺噓寒問暖的人也是自己。

柳葉卻沒時間理會這些，除了猛打了幾個噴嚏，害得司徒昊又請御醫來診脈外，再無影響。她這會兒正在研究司徒昊送給她的新年禮物呢，整整一大匣子的鉛筆，仔細一看，型號還真不少。

司徒昊說這是他跟一個海商買的，而且跟他約定好了，只要他的商船來天宇，就會帶鉛筆回來，所以以後每年都會有一大匣子的鉛筆送來。

柳葉很是開心，當即拿出小刀，唰唰唰削好鉛筆，給司徒昊畫了幅肖像畫當作新年禮物。

畫中人物毫髮盡顯，呼之欲出，惹得司徒昊又是一陣讚嘆。

春節一過，柳葉就開始忙碌起來。田莊、甜品屋、芸娘的如意坊都要操心。

首先是田莊，京師地域偏北，這邊的糧食以麥子為主，種水稻的並不多。而且柳葉進京時收集了很多不同種類的新奇種子，所以田莊的那百畝田地就需要重新佈置。

水稻、麥子、棉花、各類蔬菜以及其他一些經濟作物，都要一一規劃，什麼時候育苗種植？種在哪些地塊？什麼時段需要整地、養地？人員怎麼安排？哪些農具需要補充？光是計劃書就寫了厚厚一疊。

柳葉還特意召集田莊的莊頭和一些老莊稼把式，就計劃書裡提到的事項進行查漏補缺，再一一分配下去，落實到個人。

其次就是如意坊。雖說如意坊名義上是老胡一家的產業，但柳葉也不能真的撒手不管，新品種的開發、推廣還是要參與。如意坊的蛋糕、點心本來就以味道著稱，再在外形、包裝上下工夫，如意坊的生意想不好都不行。

至於甜品屋，由於天氣原因，在風靡一陣子後就漸漸趨於穩定。柳葉適時推出外帶服務，於是甜品屋一樓大廳裡坐著各府派出來買吃食的丫鬟、小廝，甚至還接了好幾場宴會的大訂單，誰教甜品屋還有皇后娘娘的股份呢。

轉眼就到了春暖花開的季節，由於早早就安排好了，以前最忙亂的春耕時節在今年反倒清閒起來。這日聽說桃芝正帶著小丫鬟們在園子裡做妝粉，柳葉來了興趣，帶著琳兒就打算去園子裡湊熱鬧。

第七十八章 第一瓶香水

柳府的花園裡，種著一大片杜鵑花，如今正值花期，紅豔豔一片，很是撩人。

柳葉與琳兒行走在抄手遊廊上，再拐過一個彎，就能看到那片杜鵑花了。低低的說話聲傳來，是彩衣和一個新進府的小丫鬟紅英。

「殿下對我們姑娘可真好，竟然把彩衣姊姊這麼伶俐的人兒派來伺候我們姑娘。」

「那是，我們殿下神仙般的人物，他要是對誰上了心，那就是天大的福氣。只可惜姑娘的出身實在是低了些。」

「姑娘也很好啊，人長得漂亮又聰慧，對我們這些下人也好，對彩衣姊姊更是倚重呢。」

「那又怎麼樣？再倚重，我也還只是個二等丫鬟罷了。」

「姊姊這是什麼話，姑娘身邊的兩個大丫鬟，琳兒姊姊自不必說，那桃芝姊姊哪裡能跟彩衣姊姊妳相比？姑娘不過是看在以往的情分上，才讓她占了個一等丫鬟的名額罷了。」

「哼，不過是個鄉下丫頭，仗著與姑娘的那點情分，也敢對我們指手畫腳的，遲早搶了她一等丫鬟的位置，讓她好看。」

兩人的聊天還持續著，琳兒這邊卻是急得不行。這彩衣平時看著挺能幹的，怎麼就這麼看不清形勢呢？

她正要上前制止，卻被柳葉拉住了。

「人麼，有上進心是好事。她既然覺得做個二等丫鬟委屈她了，那我也不好擋著她的路。過幾日王爺過來時，我自會與王爺說道，妳不必理會。」

「是，姑娘。」琳兒只能在心裡替彩衣默哀，一點辦法都沒有。還得擔心柳葉對她也起什麼隔閡，畢竟她也是王爺派來伺候姑娘的。

沒理會那兩個丫鬟，柳葉一路回了引嫣閣，正巧碰到採花回來的桃芝，領著幾個小丫頭在挑揀花瓣。

看到柳葉回來，桃芝趕緊起身迎了上去。「姑娘回來了。琳兒也太不仔細了，去逛園子怎麼也不給姑娘加件披風，這天還沒真正熱起來呢。」

「哪有那麼嬌貴？」柳葉橫了桃芝一眼，道：「我院子裡的人，就數妳最勞心，年紀不大，嘮叨個沒完。」

「姑娘這是嫌棄我了？虧我還想著，這杜鵑花開得好，回頭碾了花汁給姑娘染指甲呢。」

「哎呀，好姊姊，我可不敢嫌棄妳，得罪了妳可就沒人給我染指甲了。」柳葉笑道。

「那我去拿工具來。」桃芝說著就進了房。

「姑娘十指修長，染上這杜鵑花汁肯定好看。」琳兒也上來湊趣。

沒一會兒，桃芝就拿著染甲工具出來了。這裡沒有指甲油，染指甲既繁瑣又費時，鮮花汁子刷了乾，乾了再刷，得花上幾個時辰。

柳葉一邊伸著手指隨兩個丫鬟折騰，一邊隨意與她們聊著天，打發時光。

「桃芝姊姊的手就是巧，不但花繡得好，各種妝粉、胭脂也做得好，那妝粉研得又細又白，比那鋪子裡賣的還要好上幾分。」琳兒羨慕道。

「我的妝粉好，妳的香粉也不錯啊，香氣綿長，經久不散。」桃芝回讚了琳兒一句。

「琳兒會做香粉？」柳葉問道。

「嗯，我從小鼻子就靈敏，管教我的莊嬤嬤就教了我幾個香粉方子。我最喜歡山茶花的香味，可惜咱們園子裡沒有山茶花。」琳兒答道。

「想要山茶花還不簡單？順王府的花房裡什麼花都有，趕明兒殿下來的時候，求姑娘幫妳要些回來便是了。」剛進院子的彩衣聽到琳兒的話，隨口就來了句。

柳葉和琳兒卻誰都不理她。柳葉對著琳兒問道：「既然會做香粉，那香水呢？會不會做？」

「香水？是花汁子兌了水嗎？那個不好攜帶，而且香味也不濃郁。」琳兒不解，問道。

「哦，我只是隨口問問。」柳葉有些失望。

其實她知道一些香水的製作原理，前世因為好奇，特意查了不少這方面的知識，只是從未實踐過。不過既然想到這一茬，試試也無妨。

「京城哪裡可以買到大量的鮮花？只要花朵就可以。」柳葉問幾個丫頭。

「京城北郊就有，那邊有個大花市，姑娘沐浴用的花瓣就是找那邊的花農訂的。」桃芝一邊幫柳葉的指甲上色，一邊回道。

「什麼時候有空，咱們去那邊看看。」不過光有鮮花可不行，還得先弄個蒸餾設備出來才行。

「是，姑娘。」

沒幾天，柳葉就畫了張圖紙給劉福全，讓他去找個鐵匠打製出來。由於只是試驗，柳葉自己也沒信心真能製出香水，所以只是簡單地畫了個帶煙囪的鍋蓋子，鐵皮管中途拐了幾個彎，越變越細，最後蒸餾水就從細小的口子裡流出，滴到碗裡。

買了市面上最烈的酒，用簡陋的蒸餾設備提純，沒辦法測酒精度數，就在侍衛裡找了幾個好酒之人，一遍又一遍地試。司徒昊來過幾次，寵溺地看著她胡鬧。柳葉自己也覺得好笑，可有什麼關係，日久天長，無所事事，正好打發時光。

終於到了提取香精的一步。趕走了所有下人，小廚房內只有柳葉、桃芝和琳兒三人。琳兒把門，桃芝燒火，柳葉親自把挑揀好的茉莉花瓣倒入鍋內煮。

時間一點點過去，當通過管子、滴入碗中的液體越來越多的時候，守在門口的琳兒忍不住探進頭來問。

「姑娘，這味道……不對吧？我聞著怎麼不似香味啊？」

「這不還沒好呢，還有最後一步沒做。」柳葉也有些惴惴的，畢竟她也沒實踐過，只知道香水最主要的兩種成分而已。

從邊上取了一小瓶提純過的烈酒，用小勺子舀了一點碗中液體滴進酒瓶，搖晃起來，嘴上說著「看姑娘我給妳們變個戲法」，心裡卻是把滿天神佛都拜了個遍。

「成敗在此一舉，開！」隨著話落，柳葉一把拔掉酒瓶塞子，屏住呼吸不敢聞，先看兩個丫頭的反應。

「咦，真的是茉莉花香！」鼻子最靈的琳兒率先開口。

「真的，好香。姑娘，這算是成了吧？」桃芝也不看火了，興奮地湊上前來。

柳葉深深地吸了幾口香氣，才有些洩氣地道：「哪有那麼簡單，這香氣能維持多久還不知道呢，若是不能持久，又有什麼用？還不如掛個香袋呢。」

「這香味也不夠純。」琳兒提出自己的意見。

「可是香水畢竟製成了，至於其他的，我們可以慢慢再試。」桃芝不忍打擊自家姑娘，說著安慰人的好話。

「也對，起碼證明我們的大方向是對的，其他細節問題，來日方長，慢慢試驗就是了。」柳葉也高興起來，畢竟天宇王朝第一瓶香水是她研製成功的。

第七十九章 整頓內務

把需要測試和改進的方面一一列出來，接著柳葉便讓琳兒去研究，畢竟專業的事要交給專業的人來完成。琳兒鼻子靈，又有製香粉的基礎，正好適合研製香水。

柳葉自己則是考慮起身邊丫鬟的問題來。琳兒被打發去研製香水了，彩衣她是不會再用的，桃芝年紀不小了，該張羅婚事了。柳葉突然發現，自己身邊竟是無人可用了。

有困難就找司徒昊。秉著這一原則，這天趁司徒昊來柳府看她的時候，柳葉就向司徒昊提出自己的憂慮。

「彩衣竟然這麼不知事？該怎麼處置，妳看著辦就行，不用來問我的意見。」司徒昊有些惱怒，自己派出去的人，竟然有看不起主子的混帳東西。

「至於往後伺候的人……」司徒昊也犯了難。他本就不習慣用丫鬟，王府裡沒幾個丫鬟。又有彩衣的事在前，一時也想不到還能派誰過來服侍。

「要不，我指兩個小太監過來吧？都是輕風一手調教的，也在我身邊伺候過一段日子。」

「喂，司徒昊，跟你說正經的呢。」柳葉惱了。「哪家姑娘出門帶兩小子貼身伺候的？」

「別氣、別氣，我這不是一時沒人給急得？」司徒昊一把摟過柳葉，笑著說：「好了，跟妳開玩笑的呢。」

柳葉掙扎幾下沒掙脫開，也就隨他去了。好在只要兩人在屋裡說話，伺候的下人們都會躲得遠遠的，沒事不會進屋來。

讓柳葉背靠著自己坐在腿上，司徒昊一邊輕輕搖晃著，一邊道：「這事還不簡單，把彩衣和那個紅英都發賣了。桃芝又不是一時三刻就要嫁人，琳兒雖被妳派了活計，那也還在府裡，大不了問妳母親或睿哥兒，先借個丫鬟過來使著。」

頓了頓，又道：「至於其他的，就交給宋嬤嬤好了。剛進京那會兒買人有些急切，難免良莠不齊，先把府裡的下人們都過濾一遍，再添些好的進來，讓宋嬤嬤調教一段時間，也就得用了。」

「妳說妳，其他方面挺伶俐的人，管教下人這方面怎麼就不上手？日後偌大一個王府，百十號的下人僕役，可要怎麼辦？」司徒昊說完，還伸手點了下柳葉的腦袋。

柳葉嘟著嘴，道：「那你再找個會駕馭下人的人來幫你管著啊，反正願意嫁進順王府的女人，都可以從王府門口一直排到安化門去了。」

司徒昊雙手環住柳葉，無奈地道：「還是本王辛苦些，親自打理內務吧。至於女人，有妳一個就夠了。順王府的大門也不是誰都能進的。」

「那還差不多。」

「對了，說起人手，有件事要跟妳說一聲。我派了兩個暗衛在妳身邊，一個是妳見過的玄十一，另一個叫玄六，妳要不要見見？」

「暗衛？」柳葉有些猶疑。「就我這個毫不起眼的人物，需要配暗衛嗎？誰沒事會來害我啊？」

「如果只是妳自己，確實用不上暗衛，但是，誰讓妳是我的人，難免有人會因為我而對妳動手。」

「這算是跟了你的代價嗎？」

「算是吧。妳害怕嗎？」

「有用嗎？」

「沒用。」

「那不就得了。」

兩人你一言、我一句地聊著，之後司徒昊喚出暗衛，出來的是玄十一，這會兒正好他當值。柳葉也沒再去喊休息的玄六，既然已經派給她了，總有見面的機會，何必打擾人家的休息時間？暗衛也是人，卻幹著比常人辛苦百倍的活兒。

玄十一這愣小子卻被柳葉的那句「暗衛也是人」給感動哭了，指天發誓，一定對柳葉忠心不二、唯命是從，前提是柳葉與司徒昊的意見不相左。

柳葉哭笑不得。效忠自己還有附加條件？她不知該為得了個自己人而高興，還是該為這個自己人不止她一個主子而悲傷。

司徒昊卻很嚴肅地對玄十一說道：「誓死效忠柳葉，這是我給你的最後命令。以後你就只有柳葉這唯一的主子，即使是我，也不能再指使你。」

「是。」職業操守讓玄十一毫不猶豫地答應下來，但內心還是傾向於司徒昊這個原主子的。

柳葉也不在意。真正的人心，是要靠自己的誠心去換取，不是誰的一個命令就能得來。只要忠心就可以，至於忠心的是她柳葉還是司徒昊，又有什麼區別？

兩人蜜裡調油般地又膩了好一會兒，司徒昊才不得不回府去了。

柳葉找來了宋嬤嬤，開始整頓內務。手腳不乾淨的，發賣；偷奸耍滑的，發賣；身家不清楚的，發賣；不安分守己的，發賣。一時間柳府內人人自危。

等到柳葉找來彩衣，說出放她出府的決定後，彩衣都傻了。她老子娘是順王爺名下莊子的老人，她也自幼就進了順王府服侍，被派到這裡來伺候個鄉下丫頭已經很委屈了，現在這個鄉下丫頭竟還要趕她出府？

「我做錯什麼了？妳要趕我出府？」

「沒做錯什麼，只是我一個鄉下來的丫頭，實在不配讓妳來伺候。桃芝也不是下人，不是隨便什麼人都可以看不起她，甚至想要取而代之的。妳既不服管教，那就自行歸家去吧。」

「不行，我是順王府的人，妳沒資格處置我。」彩衣怒視柳葉。

柳葉笑了，輕輕地道：「本想看在王爺的面子上，放妳歸家的，既然妳不領情，宋嬤嬤，直接發賣了吧。」說完柳葉就抬步準備離開。

「哼，妳敢？妳就不怕王爺責問嗎？」彩衣繼續梗著脖子喊道。

「哦？」柳葉停住腳步，轉回身來，繞著彩衣看了一圈，嘴角一勾，輕笑道：「妳不會是暗戀妳家順王爺吧？仗著王爺多看了妳幾眼，就以為自己與眾不同、高人一等了？妳不會還幻想著有朝一日，王爺收了妳，妳可以飛上枝頭，做那順王府的半個主子吧？」

第八十章　學習理事

「我、我沒有。」彩衣明顯地有些心虛。

「不管妳有沒有，今天都難逃被發賣的下場。宋嬤嬤，帶走吧。」立刻有兩個婆子上前就要拉著彩衣下去。彩衣依舊不甘心，不停地掙扎。「姑娘，妳、妳不能賣了我，妳沒有我的賣身契！」

「是啊，妳的賣身契確實不在我手上。」柳葉此話一出，彩衣立刻得意起來，可得意的表情還沒擺完呢，就聽柳葉繼續說道：「我剛剛把妳的賣身契交給宋嬤嬤了。」

彩衣不敢置信，瞪大眼睛看著柳葉，之後似是明白了什麼，垂頭喪氣地被人拖了下去。

發賣了一部分人，總要補充新人進府。宋嬤嬤一邊挑選新人，一邊給柳葉傳授她的挑人經驗。

「府裡的下人，首選家生子，咱柳府底子薄，沒有家生子，但好歹還有田莊。田莊上的人，雖說大部分都是佃農，但因為經常欠主家租子、銀錢什麼的，長年累月下來，雖沒簽死契，實際上也成了主家的奴僕，妳又替他家的丫頭、小子找了差事，全家生計都握在主家手裡，自是好管教又忠心的。」

「可我那莊子，也是新買的啊。」柳葉不解。

「這點姑娘不用擔心，當初買莊子的時候，劉大管事就已經考慮到了，現在咱莊子上的人，全是簽了死契的奴僕，沒有外人。好好調教著，等主家有了新的營生，這些人就是主家的班底。」

「還能這樣啊。那怎麼調教？要找專人教規矩、學問嗎？」

「姑娘現在就可以挑人進府慢慢教起來了。趁著選下人的機會，選一部分年歲大些、能做事的，教幾天規矩就可以提上來做事了。再選一些年歲小的，從小養在府裡，由大丫鬟們手把手帶著，教個幾年，以後就能順利接班了。如果姑娘心善，看著有伶俐的，肯教她們識幾個字，那就是她們天大的造化了。」

「這麼麻煩啊？」

「柳府新建，自然格外累些，等一切都上了正軌，有了定例就輕鬆了。當然，也有現成的可用之人可以買進府來，就是那些官奴，這些都是犯官家眷和有頭臉的管事，進府就能上手幹活的。但買這些人要特別注意，政敵的家眷不能買，謀逆罪的家眷不能買，買官奴要碰運氣，也是考驗主家的眼光。」

「唉，光是買個人就那麼麻煩。」柳葉不停揉著太陽穴，可憐兮兮地對宋嬤嬤說：「嬤嬤，我頭疼，這樣，府裡的事就全權交給妳了，我若有事，就只找嬤嬤妳一個，嬤嬤辛苦，多擔待幾分。」

「姑娘先去休息吧，等明天莊子裡送人過來，奴婢再去喚姑娘來挑人。另外，府裡的規矩，姑娘看是不是要列個具體章程出來？」

「啊～～好吧、好吧，明日再說。哎喲，頭暈，我先走了，嬤嬤慢忙。」柳葉腳底抹油，一溜煙就跑了。

其實這些事情，當初芸娘都有教過，只是自己也如現在這般腳底抹油找藉口跑了罷了。柳葉想來不免有些慚愧。當初的自己只是一個鄉下丫頭，學不學這些也就那樣了。可現在不一樣了，自己是鄉君，是將來順王府的女主人，若是連府中內務都管不好，說出去不是招人笑話嗎？何況，自己既然要跟司徒昊站在一起，那總要先到達那個能與之比肩的高度才行。如果一味地只會依靠司徒昊，那自己不是他的女人，而是他的累贅。

思及此，柳葉不禁暗下決心，一定要跟宋嬤嬤好好學學這掌家理事的本事。

從此，宋嬤嬤身邊就多一個小尾巴。

每日卯時起床，跟著宋嬤嬤去花廳聽府裡的丫鬟、婆子回話，看宋嬤嬤如何安排府中諸事，又對著帳本請教劉福全各府間如何走禮、各項支出如何分配。

不知道是受了柳葉的刺激，還是宋嬤嬤說了什麼，到京後一直把自己當隱形人的柳氏也加入學習家事的行列。柳葉當然是樂見其成，學習的勁頭更足了。

後來還把芸娘請了回來，每日下午上兩個時辰的課，學習禮儀、插花、茶道等等京中貴女們要學習的課程。

府裡下人看家裡的主母、姑娘都開始正經理事，也都不敢怠慢，幹活比平日賣力不少，一時間柳府上下井然有序，事事順當起來。

而柳葉總覺得自己忘記了很重要的事，卻一時想不起來到底是什麼事。直到小丫鬟捧著新買的桃子進來請柳葉吃桃時才想起來，她的果醬和罐頭還沒著落呢。

匆匆地喊了劉福全，讓他去市面上打聽各種水果的價格。劉福全還以為是姑娘嘴饞，忙把自己知道的水果價格報了上去，並道：「姑娘是要吃點什麼嗎？姑娘說來，老奴這就安排人去買回來。」

「哎呀，不是的，劉管事，我要的是進貨價。我要長期大批購買的，你先找人去打聽，其他的事等我吩咐即可。」

「是，姑娘。」

劉福全一走，柳葉就對著空中大喊：「十一，玄十一！」

好一會兒，才見黑影一閃，玄十一出現在柳葉面前。

「嘿嘿，還真是你啊，今天又是你輪值？」柳葉看到玄十一顯然很開心。

「主子，有何事吩咐？」玄十一卻很無奈。今日並非他輪值，是玄六聽到柳葉喊他，特意叫了他來。而且這位主子自從知道他被派來保護她後，就經常喊他出來，做些跑腿、高處取物之類的小事。

「哦哦，你去趟順王府，就說我找順王有事，讓他過來一趟。」

「主子，我是暗衛，不是小廝。」玄十一一頭黑線，忍無可忍，說出了自己心中的怨念。

「呃，忘記了。沒事，去吧、去吧，我在府裡不會有危險的。你也出去走走，活動活動筋骨。」

玄十一都要哭了，可主子的命令又不能不聽，黑影一閃，又不見了。

柳葉卻是在心裡偷著樂。從第一次見面起，她就喜歡捉弄這個靦覥的大男孩，總覺得玄十一沒有暗衛該有的冷酷氣質，總想把他拉到人前來做個普通人。

第八十一章 罐頭和果乾

打發走了玄十一，柳葉喊來桃芝，兩人挑了些桃子就進了引嫣閣的小廚房。因為試驗香水會有各種氣味飄出來，柳葉在園子中找了個單獨的院子給琳兒使用，這邊的小廚房就空了出來。

洗淨、削皮、切塊，加適量的糖和水，放鍋裡煮一刻鐘左右起鍋。舀了一塊嚐嚐，柳葉滿意地點點頭，味道還不錯。接著找了個陶瓷罐，洗淨、烘乾，把煮好放涼的桃子裝進罐子，水面淹過桃肉，裝得滿滿的，最後密封，罐頭就做好了。

把剩下的分一分，給柳氏送了一些過去，又分了一些給宋嬤嬤，叫了琳兒和幾個丫頭一起嚐個鮮，收獲滿滿的讚美。

晚上，司徒昊過來，一見到柳葉就急著問道：「我回府後聽說妳派了玄十一來找我，可是出了什麼事？」

「沒事就不能找你了嗎？」

「當然可以，不過能不能換個人來傳話？」司徒昊無奈地笑道：「聽說是玄十一來傳話，我可是嚇了一跳，以為出了什麼事。」

「嘿嘿，知道了。」柳葉答應著，又去喊桃芝。「桃芝，去把做好的罐頭拿來。」

「罐頭？什麼東西？」

「好吃的呀。」

說話間，桃芝已經拿了陶罐和幾個小碗進來。柳葉先盛了一碗桃肉罐頭給司徒昊，又對著空氣大喊：「十一、十一，出來吃好吃的了！」

眾人皆汗。玄十一一頭黑線地出現在房間裡。

「拿去，叫上輕風，你們自己盛去。」柳葉把罐子往十一懷裡一送，把眾人趕出了房間。

司徒昊無奈地搖頭，對柳葉說：「十一是暗衛，妳不能經常把他叫出來，讓別人知道了，就起不了暗衛的作用了。」

「那就不當暗衛了唄！」柳葉說得理所當然。「你不覺得十一的氣質，跟冷酷的暗衛很不搭嗎？乾脆就別當什麼暗衛了，當個普通侍衛，我也好給他配個好婚事。」

「哦？這小子怎麼就入了妳的眼？妳想把誰配給他？」

「嘿嘿，隨便說說而已。就是覺得那麼老實又害羞的人，不欺負一下太對不起他了。」

「妳呀！」說完，司徒昊也不再糾結，舀了一勺桃肉吃下。「嗯，味道還不錯。」

「還行吧？我打算收購些水果，都做成罐頭，放到甜品屋去賣。對了，你知道哪裡可以買到芒果、香蕉之類的水果？」柳葉說出叫司徒昊過來的真正目的。

「這些都是蒼雲國的產物，我國與蒼雲邊境的地方也有出產，但這些水果都不好運輸，每年地方上都會花大錢進貢，可大部分在路上就壞了。」
「難道都沒戲了嗎？」柳葉一臉失望。「那鮮果運不過來，果乾呢？」
「妳是說蜜餞？不知道，我還沒見過，妳問問宋嬤嬤，想吃去買些就是了。」
「……」柳葉發現自己問錯人了，堂堂王爺，對於這些小事，能知道個大概就不錯了，至於細節，還是別指望了。
第二日，柳葉又找了劉福全和宋嬤嬤過來，就水果的運輸和市場上水果、果乾、蜜餞的種類做了討論。
最後，柳葉還是決定嘗試從邊境運新鮮水果入京。採摘七成熟的果實，挑選完好無損的裝箱，紙箱內墊紙屑，車廂內用冰塊降溫，水路、陸路相結合，爭取在最短時間內把鮮果運輸進京。雖然成本有些高，但若是成功了，利潤也是驚人的。
由於要求比較高，商隊託運什麼的就不用想了，劉福全親自安排人手，又從順王府借調幾個長年跑商的精英管事，一行人浩浩蕩蕩地出發了。要是一切順利，除了水果，還會帶回大量的當地特產。
有水果，果乾之類的當然也少不了。柳葉把自己知道的果乾製作方法告訴新建商隊的大管事，讓他到地方後見機行事，芒果乾、香蕉乾、菠蘿乾……一個都不能少。若是能形成穩定的商路，再開個果乾鋪也是不錯的。
想到果乾，柳葉的嘴就饞了。跑去大廚房找了一圈，挑了些紅蘿蔔就回了自己的小廚房。叫上桃芝，兩人又開始忙活起來。

她做了兩種口味，一種口感有些軟；一種烘乾時間比較長，口感酥脆。

柳葉又把玄十一叫了出來，兩種口味的紅蘿蔔乾各裝了一些，讓他給司徒昊送去。剩下的一些，被院子裡的幾個丫鬟、婆子一搶而空。見大家都喜歡吃，柳葉很開心，囑咐宋嬤嬤多買些紅蘿蔔回來，製成果乾給府裡眾人當零嘴。

司徒昊又急匆匆地來了，見了柳葉就問紅蘿蔔乾是不是她做的？

「怎麼了？出什麼事了？」柳葉很納悶。「不就是個蘿蔔乾，看把你急的。啊，不會是誰吃壞肚子了吧？」

「沒有、沒有，果乾很好。」司徒昊也覺得自己太過著急了，定了定神才道：「除了紅蘿蔔乾，妳還會做其他的菜乾嗎？」

「這又不是什麼稀奇事，你問這幹麼？」柳葉更疑惑了。

「水軍只要出海就是幾個月，船上沒有水果、蔬菜是不行的。沿海的幾個老牌海商家族會製作一些菜乾，攜帶方便，不易腐爛，放水裡一煮，有些菜乾就會膨脹，味道也不錯。」

「脫水蔬菜？現在就有脫水蔬菜了嗎？人類的智慧果然是無窮的。」

「可是朝廷沒有這種技術，每年都要花大錢向那些家族購買大批的軍糧。價格高，品質還不能保證。」

「朝廷沒辦法弄到方子？」柳葉疑惑地問。可隨即一想就明白了，在這個通訊不便、消息封閉的時代，想要互通有無，確實困難。更何況是被幾大家族把持，被當作傳家秘方一樣的存在。肯定會想方設法地不被人知道，對於那些知道些類似方法的外人還要打壓威脅，甚至使些不光彩的手段。

第八十二章　被遺忘的繪本

「朝中關係錯綜複雜，朝廷又不能強搶強買。」司徒昊也很無奈。「我看妳這紅蘿蔔乾跟軍中採購來的有些相似，不過口感更好，所以想來問問妳。」

「可我這紅蘿蔔乾只是小女兒家嘴饞來當零嘴的，煮過烘乾就可以了，並不難。」

「那麼簡單？」司徒昊鬱悶了。

「對啊，可是我這法子也就只能做些零嘴吃，當軍糧是不行的。先不考慮是否能量產，就其本身的營養價值來說，也不符合脫水蔬菜的標準。」柳葉好心解釋。

「這……沒辦法了嗎？」司徒昊有些失望，又似想到了什麼，問道：「妳說的脫水蔬菜是指菜乾嗎？妳肯定會做，對不對？」

「……」柳葉一邊暗罵自己嘴賤，又說溜嘴，一邊苦惱道：「知道原理也沒用，工藝不到位，估計最多也就做出四不像的東西出來。」

「沒關係，先做出來，我們再慢慢改進。我們家葉兒這麼聰明，肯定能行的。」司徒昊開始討好柳葉。

「你就別給我出難題了。」柳葉撇嘴。「我只會做點果乾當零嘴，頂天了也就是開間果乾鋪賺點小錢罷了。」

「葉兒，妳若會製這菜乾，先不說為朝廷省了多少軍費，對於妳我也是有莫大好處的，說不定父皇一高興，就鬆口答應了妳我的婚事。」

「別哄我了，要真那麼容易，陛下早就答應賜婚了。不過，適時在皇帝陛下面前刷刷存在感，多增加點好感度還是有必要的。」

「對對對。」雖然要轉個彎才能想明白柳葉說的存在感、好感度是什麼意思，但並不妨礙司徒昊表示對柳葉的支持。

「可我沒人手啊，府裡得力的幾個人都有各自的事情要忙，而且，我要的是有專業知識的人才。」柳葉攤手。

「這還不簡單，妳有紅玉珮，順王府的人隨妳調遣，實在不行，就讓王府出面去招攬。」

「這玉珮還有這功能啊？」柳葉說著，從衣襟拉出紅玉珮翻看著。自從拿到這個玉珮後，她就用彩線編了條繩子，把玉珮掛在脖子上隨身攜帶。

「這玉珮是父皇賜給我母妃的，母妃把玉珮傳給了我，讓我把它交給未來的順王妃。它是順王府女主人的象徵，當然可以調遣王府眾人。」

「可我也不認識王府裡的人，不知道他們擅長什麼、品行如何，哪些人可以信任、哪些人只適合做雜事。」

「明日我就讓王府的內外管事都來見妳，妳有何需要的，跟他們說就可以。」

「嘿嘿，那就這麼說定了。」柳葉笑道。

接下來的日子，柳葉召集了一些人，開始反覆試驗。

好在這個時代沒有什麼食品安全組織，對於食物，唯一的標準就是能吃，頂多要求色香味俱全。而柳葉的菜乾，則需要經過太醫院眾太醫和宮廷試吃太監的一致認可才行。

這天，忙了一天的柳葉回到家，柳晟睿在垂花門前攔住了她。

「睿哥兒，怎麼了，有事？」對這個弟弟，柳葉向來是很有耐心的。

「姊，妳不是說要畫畫冊嗎？過幾日是慶哥兒的生辰，我準備了些禮物，還想再添本畫冊送給他。姊，幫我畫一本唄！」柳晟睿期期艾艾地說道。

「哎呀，我給忘了，這就去畫，過兩天就給你，好不好？」柳葉歉意地摸摸柳晟睿的頭。

「好的，謝謝阿姊。」

回到引嫣閣，找出早就寫好的出版繪本和連環畫的計劃書，決定先畫幾本樣本出來，一來向柳晟睿交差；二來，有了樣本，才好尋找合作伙伴。

司徒昊來了幾次，發現柳葉一直都在埋頭作畫，大感被冷落，不由幽怨地道：「妳這是畫什麼呢？連對我都愛理不理的了。」

「哈哈，對不起、對不起，小女子這廂給公子賠不是了。」說著，柳葉還裝模作樣地行了個禮。

「這還差不多。」司徒昊一副「原諒妳了」的表情，繼而問道：「妳到底在畫些什麼？」

「哪，自己看。」柳葉把計劃書和畫好的樣本往司徒昊桌邊一丟，又繼續埋頭畫畫了。

司徒昊無奈地笑了笑，也不惱，拿起桌上的計劃書看了起來，越看越是驚訝，隨即又拿起幾本樣本看。

一本是小豬佩佩的故事，類似的書他在藍府看過；一本是識字的，圖文並茂，很適合啟蒙用，只是這字，工整是工整，卻也談不上是好字；一本畫的是狐妖和書生的故事，不看情節，光是扉頁上男女主角的特寫就已經是男帥女美，足夠吸引人了，不過故事還沒結束，應該分了好幾冊。

整理好計劃書和樣本，司徒昊對柳葉道：「葉兒，這個書妳不能出。」

「啊？為什麼？」柳葉也不畫畫了，抬頭問道。

「妳若不想被文人士子們唾罵，這書就不能出。」司徒昊一臉正色。

「為什麼會被唾罵？這書不好嗎？」柳葉拿起桌上的樣本翻了翻。「我覺得挺好的啊，沒什麼不健康的內容。」

「葉兒，非大儒不出書，何況妳還是個女子。」司徒昊無奈。

「憑什麼啊？」柳葉怒了。「就因為我是女子？難道那些話本、冊子都是大儒寫的不成？」

「可真正能上得了檯面，被文人士子認可的話本也就那麼幾本。大部分話本都是不入流的。」

「可我這也不過是些畫冊，只是讀來消遣的。就是這本識字的，也只是適合小孩子看的而已。」

「葉兒……」

「好吧！」柳葉洩氣。男尊女卑，世道如此，她無力反抗。「那我這些努力都白費了？我還想開間書局大賺一筆呢！」

「只是不讓妳出書，沒說我不能出啊。」司徒昊笑道：「這事就交給我好了，放心，該是妳的那份少不了。」

第八十三章 宮宴吵嘴

「哎呀，嚇死我了，不用我出面最好了，我還愁找不到人刻板呢。再說了，我一個人也畫不了所有樣本。」柳葉一聽說不影響她賺錢，又高興起來。

「是是是，這些都交給我來辦。不過，前期妳還是要辛苦些，多畫些樣本出來，等尋到了合適的人手，就不需要妳做這些事了。」

「嗯，那我繼續畫樣本去了。」

司徒昊拿起柳葉的計劃書和樣本走了，找了勇武侯府、珞王府、皇后娘娘一起合股。刻板印刷最好的工藝由皇家掌握，而歷代皇后則是皇家商業帝國的官方代言人。至於勇武侯和珞王，一個是外家，一個開著天宇最大的書局；一個是情義，一個是銷售網，自然是合作好伙伴了。

繪本和漫畫，通通被柳葉定義為圖畫書。反正在天宇王朝的這個產業，她柳葉是第一人，她想怎麼定義就怎麼定義。除了一開始的兒童繪本、故事連環畫，後來又出了識字、認物等啟蒙類書籍，以及走迷宮、找碴、塗鴉等遊戲內容的書籍。

借助珞王府龐大的銷售管道，圖畫書賣遍天宇全國。柳葉也乘機開發周邊產品，賺了一筆。不過這些都是後話。

把圖畫書事業交給司徒昊去操心後，柳葉才有空去關心自家的財政情況。不看不知道，一看嚇一跳。帳上和庫裡都沒銀錢了，尤其是帳上，紅豔豔的赤字。要不是有順王府偷偷接濟著，柳府早就揭不開鍋了，哪裡會有現在呼奴喚婢的逍遙日子過？

自從決定進京以來，柳家的財政一直都是入不敷出，雖說有甜品屋的收入，但是幾家分一分，再加上柳葉最近動作頻頻，花錢似流水，想要不赤字都難。至於如意坊，名義上那是老胡家的產業，自然不會出現在柳家的帳本上。那部分銀錢，除非緊急情況，柳葉是不會輕易動用的。那些錢，目前還都由芸娘保管著。

柳葉突然想起琳兒研究香水已經有段時間了，也是收穫頗豐，自己的香水鋪子是不是該開起來了？都說女人和孩子的錢是最好賺的，希望香水能旗開得勝，一舉解決她的經濟危機。

與琳兒碰了個頭，選了兩瓶成品就往宮裡去。

說起這香水包裝，柳葉也是費盡心思。光這噴嘴就折騰了許久，才找到合適的材料製出符合要求的噴嘴頭。至於瓶身，柳葉只能無奈嘆息。玻璃器屬於奢侈品，買幾個把玩還行，若是拿來做香水瓶，實在是……好在天宇王朝的瓷器也是相當精美，用來做包裝瓶也很合適。

今日宮中有場遊園會，請的都是京中小有名氣的貴女、閨秀們，其中的意圖不言而喻。柳葉是一萬個不願意參加的，可宮中都差人來傳話了，還能抹了皇后娘娘的面子不去不成？好在現在的柳葉多了個宣傳香水的使命，才不至於太過抗拒。

磨磨蹭蹭地來到御花園，已經有很多貴女、閨秀們到場了，三三兩兩地聚在一起，看到柳葉過來，不免竊竊私語起來。

「她怎麼來了？真是，也不看看自己什麼出身，也敢來宮宴上現眼？」

「就是，一個泥腿子，祖墳上冒了青煙才得了個鄉君的封號，還真把自己當個人物了。」

「休得胡言。人家再怎麼樣也是鄉君，真要論起來，妳們一個個都得跟她行禮問安呢。」

「哼，讓我向她行禮？她也配！」

「別說了，畢竟是在宮裡，小心禍從口出。」

「怎麼？祝姑娘這是羨慕嫉妒我封了鄉君，看不過眼了？怎麼每次見到妳，都能聽到妳說話酸不溜丟的。」很不幸的，說話的那群人中，有柳葉的老相識祝夢琪和夏新柔。更不幸的是，幾人的話正好被柳葉聽了個正著。

「哼，一個村姑，有什麼好讓人羨慕的，妳也太自戀了吧！」祝夢琪給柳葉一個白眼。

「羨慕我是鄉君啊。」柳葉笑得和顏悅色，問旁邊引路的女官。「姑姑，我初來京城，還不是很認識大家。這幾位小姐中，可有地位比我高、需要我先行禮問安的？還請姑姑告知，免得我失了禮數，被人笑話。」

引路女官行了一禮，說道：「鄉君容稟，這幾位閨秀，府上雖顯赫，自身卻並無誥封在身，理該她們先向鄉君行禮才對。」

「謝姑姑告知。」柳葉向女官道謝，轉頭笑咪咪地看著祝夢琪幾人，一副「我準備好了，快來向我行禮問安」的架勢。

幾人面面相覷，其中一人率先走出人群，向柳葉行了個禮。「慧敏鄉君萬安。小女子是刑部侍郎南宮健柏之女，南宮雪。」

「南宮小姐有禮。」柳葉認出這個南宮雪就是剛才替她說話之人，不人云亦云，不背後說人壞話，不由得對她好感倍增。

另幾個姑娘見有人起了頭，又有宮中女官在一邊看著，也都一一上前行禮，自我介紹。

最後只剩下祝夢琪和夏新柔兩人還在堅持著。

柳葉也不催促，就這麼站在那裡等著。夏新柔最先敗下陣來，委委屈屈地向柳葉行了個禮。「慧敏鄉君萬安。」

「嗯。」柳葉只是看了她一眼，再無其他反應，反而對祝夢琪說道：「祝小姐，尊父也是位大學士，祝小姐也算得上是京中貴女了，可我看著，祝小姐的禮儀，學得可不怎麼樣啊！」

祝夢琪氣極，夏新柔趕緊偷偷拉了拉她的衣袖，祝夢琪才深吸幾口氣，不情不願地向柳葉行禮。

柳葉卻不受她的禮，轉身就走。祝夢琪蹲了一半的身子僵了僵，一甩帕子就要發怒。

「皇后娘娘駕到——」太監特有的公鴨嗓響起，閨秀們迅速站好，齊齊下跪。

第八十四章　推薦香水

皇后來到園中早就準備好的桌椅前坐定，才徐徐說道：「諸位平身。今日花開正好，聖上體卹，特意安排諸位前來相陪，今日宴會，諸位隨意，不必拘禮。」

頓了頓，看到人群中的柳葉，又道：「慧敏鄉君今日也到了？真是難得。自從上次一別，本宮已有半年多沒見過慧敏了，今日瞧著，好似清減了些。妳雖年輕，到底還是要注意身體才是。」

柳葉趕緊上前跪拜謝恩。「謝皇后娘娘關心，慧敏必當謹記娘娘教誨。」

「快快起來說話。」皇后虛抬了抬手。

「謝娘娘。」柳葉起身。「今日前來，特備了份薄禮獻給娘娘，還望娘娘能夠喜歡。」

話音剛落，就有宮女捧了個托盤上前，皇后身邊的呂嬤嬤接過托盤，奉給皇后。

「哦？慧敏心思聰慧，這回又弄出了什麼好東西不成？」皇后取過一個瓷瓶，邊研究邊問道。

「容慧敏為娘娘示範。」柳葉上前，取過托盤上的那瓶香水，打開瓶蓋，對著空中輕輕一噴，一股淡淡的茉莉香慢慢擴散開來。

「這是……茉莉花香？」皇后很是驚奇。「聞著倒比那香粉還要清新，甚是好聞。」

「回娘娘，這是慧敏的一點小心思，提取了茉莉花中的精華，製成這香水。可以噴灑於衣襟、手帕及髮際等部位，倒是比熏香要方便許多，也可滴於水中用於沐浴，能使遍體生香。」說著，柳葉又往空中噴了幾下。

「哎呀，好香，皇祖母這邊又得了什麼好東西不成？」瑞瑤郡主帶著幾個宮女過來，行禮道：「皇祖母萬安。」

皇后看到瑞瑤郡主顯然很高興，笑道：「就妳鼻子靈，我這才得了點好東西，就被妳給逮著了。」

說著，還把手中的瓷瓶遞給瑞瑤郡主，道：「慧敏剛送來的，叫什麼香水的，聞著著實不錯。這瓶就賞妳了。」

下面眾女都是一臉豔羨。

「謝謝皇祖母。」瑞瑤郡主趕緊接過，仔細端詳，才交給身邊的宮女，道：「孫女知道這香水，當初在慧敏院子裡聞過，孫女向她討要，可這丫頭硬是說還在試驗，就是不肯給我。今兒可好，總算如願以償了。」

「稟娘娘、郡主，這香水研製著實不易，到目前也只得了三種香味。不知娘娘喜歡什麼香味，待到了花期，慧敏必當盡心製成香水送予娘娘。」柳葉說著，把手中的瓷瓶放回托盤上。

「呵呵，慧敏有心了，只是本宮年歲大了，香水不易得，還是留給妳們這些小丫頭們去使吧。本宮只留這一瓶把玩足矣。」皇后指了指托盤上的瓷瓶，笑道。

接著又對眾人道：「今日遊園會，諸位也不必在此拘著了，都去各處耍吧，一會兒大家再去暢音閣聽戲去。」

「是，謝皇后娘娘。」眾人齊齊起身，謝過皇后，四散開來，卻也不敢真的走遠，只在附近賞花、閒聊。

「瑞瑤，這幾日靜妃又病了，妳代本宮去看看她吧。」皇后吩咐道。

「是，皇祖母。」瑞瑤郡主行了禮，就帶著人去了靜妃處。

「慧敏，妳留一下，與本宮說說話。」正欲離開的柳葉被皇后叫住。

「是。」柳葉應了，低眉順目地站在原地，等著皇后問話。

皇后先是就甜品屋和圖畫書的事好生誇讚了柳葉一番，又仔細問了香水的功效、成本、產量等問題。柳葉聽音知雅，忙說自己原本打算開間香水鋪子，可苦於自己一介弱女，不能成事，請求皇后娘娘相助。

最後的結果是，皇后允許柳葉借用自己的名頭做香水生意，而柳葉必須拿出三成乾股作為報酬。柳葉不禁暗道，皇家這銀錢來得可真輕鬆，什麼事都不做，又要去了三成股份。不管心中如何腹誹，柳葉面上還是很欣喜地答應了，還得千恩萬謝地謝過皇后娘娘的照拂之恩。

從皇后那裡離開後，柳葉百無聊賴地坐在一邊發呆。

一個宮女端著托盤，給柳葉上了一杯茶，輕聲道：「鄉君萬安。順王爺囑咐奴婢好生伺候鄉君，鄉君若有需要，喚奴婢就是。」說完，似什麼都沒發生過，退到一邊，跟著其他宮女一起伺候園子裡的閨秀們。

柳葉留意了一會兒，發現這個毫不起眼的宮女，看似忙碌，卻始終不離自己周遭。想來這是司徒昊得知她進宮，特意安排的人。

柳葉心中暖暖的。

可總有那麼些人，見不得柳葉好過。這不，一夥人就這麼直直朝著柳葉走來，打頭的赫然是「情敵」莫欣雨，而祝夢琪、夏新柔也一個不落都在隊伍中。

「慧敏鄉君，又見面了。」莫欣雨率先開口。

「嗯，真是好巧啊。」對於敢覬覦司徒昊的女人，柳葉可沒有好臉色給她。

莫欣雨似沒聽出柳葉話中的不喜，繼續說道：「鄉君，妳看，那邊的荷花開得多好，不如妳我來場比試，各作一幅荷花圖如何？」

柳葉看了看不遠處的荷花池，又看了看自說自話的莫欣雨，道：「妳說比就比？沒興趣。」

「聽聞鄉君亦是愛畫、擅畫之人，如此良辰美景，妳我共同作畫，豈非一段佳話？」莫欣雨看著柳葉，話說得真誠，眼中卻有輕視之色。

「哼，什麼擅畫之人，我看坊間的那些傳聞都不可信，她這是心虛，不敢比罷了。」祝夢琪輕蔑一笑。

「喂，祝夢琪，瞎說什麼呢！」藍若嵐不知從何處跳了出來。

「若嵐，妳也來了？剛才都沒看到妳。」柳葉卻是不理會祝夢琪，直接跳過她，跟藍若嵐說話去了。

「路上出了點狀況，才到沒多久。」藍若嵐拉了柳葉的手，道：「葉姊姊，跟她比，也讓人知道什麼叫山外有山、人外有人。」

「不要吧？這還在宮中呢。」柳葉猶豫。

「這是在聊什麼呢？這麼熱鬧。」皇后不知什麼時候來到眾人身邊。眾女齊齊矮身。

「皇后娘娘，莫三姑娘想與葉姊姊比試畫畫，葉姊姊還在猶豫。」藍若嵐嘴快，把事情說了出來。

柳葉扶額。看樣子今天是逃不掉了。

第八十五章　繪畫比賽

「哦？也好，就當是為遊園會助興了。」不出所料，皇后贊成了這個提議。「不過既然是比賽，總要有個彩頭。嗯……就許優勝者與本宮共進晚餐好了。妳們看如何？」

「是，謝娘娘，臣女必當全力以赴。」莫欣雨無比欣喜，本來只打算透過作畫打壓柳葉，讓她知道好歹。現在還能得一與皇后共進晚餐的機會，這可是無上榮耀。

莫欣雨激動得手都在抖了。

「謝娘娘。」柳葉卻更像是趕鴨子上架的那隻鴨子。本就不樂意比什麼畫畫，現在還插進來個皇后。與皇后共進晚餐，榮耀是有了，可拘束也是很大的，柳葉可不想自找不自在。但現在已再無挽回的餘地，只能上了。

「皇后娘娘，慧敏作畫的工具有些特別，還請娘娘派人去宮門處告知我的丫鬟一聲，去取了作畫工具來。」柳葉提出自己的要求。既然逃不過，那就好好畫一畫吧。

「准了。」皇后微使了個眼色，宮女中就有一人出列，匆匆去了。

「既然是比賽，自是人越多越好，還有誰想參加的，都各自去準備吧！」皇后向眾閨秀看了一圈，自回了涼亭喝茶去了。

有露臉的機會，眾人當然不想錯過，當即有幾個自認畫畫還不錯的閨秀站出來，找宮女幫忙準備。

蓮花池旁，擺了五、六張桌子，眾閨秀各自找了合適的視角，開始作畫。其中，柳葉的畫架最引人注目，連皇后都頻頻向柳葉所在的方向望去。

可柳葉特意走遠了些，身邊只帶了兩個宮女，找了個面向眾人的視角。眾女只看到柳葉全神貫注、手下不停地作畫，卻不知她畫的到底是什麼。

因皇后在場，眾女都不敢太過放肆，一個個或坐或站，都安安靜靜地待在離皇后所在亭子不遠處，小聲討論著。

這時有手快的閨秀已經畫完，都在題字了。一直關注著柳葉的藍若嵐霍地站起身，往柳葉那邊疾走幾步，又覺不妥，只能洩氣地重新坐了下去。

眼尖的可不止藍若嵐一個，不少閨秀都看到柳葉懊惱地扯下畫紙，丟給旁邊一個宮女，才又重新畫了起來。

「喲，這是畫廢了？」祝夢琪嗤笑出聲。

「哎呀，這可如何是好，不知道慧敏鄉君還來不來得及重新再畫。比賽開始前也沒規定時間，應該沒限制吧？總要等慧敏鄉君畫完了才行。」夏新柔焦急地說著。

她這話提醒了祝夢琪，祝大姑娘立刻接話。「怎麼可能沒時間限制？她若是再畫廢了呢？難道讓我們一大群人等她一個不成？皇后娘娘還在呢，也讓皇后娘娘等她不成？」

皇后看了祝夢琪一眼，眼中意味不明，卻還是說道：「祝姑娘無須擔憂，本宮自會斟酌，不會讓諸位無限制等下去的。」

「娘娘英明。」祝夢琪起身行禮，滿臉是算計柳葉的得意。

待最後一位閨秀把畫交給宮女掛起來展示的時候，柳葉也拿著畫紙，慢悠悠地走了過來。祝夢琪不由得有些失望，要是柳葉沒能完成，這醜可就出大了。

柳葉只帶了一個宮女回來，把司徒昊安排的黃姓宮女留在原地收拾畫具，眾人都不以為意，只有柳葉自己知道，她的第一幅畫作就是交給了那個宮女。

待所有畫作都掛了起來，皇后便請諸位閨秀共同品評。

不得不說，身為京城第一才女的莫欣雨，絕不是浪得虛名。她所畫的是一幅工筆荷花圖。盛夏的蓮池，沐浴在一片沁人的綠意裡。鮮碧、茂密的蓮葉，迎風搖曳，朵朵蓮花亭亭玉立，隔著畫紙都能聞到那醉人的清香……眾女都只剩驚嘆了。

而柳葉的那幅素描荷花圖，眾女卻都面面相覷。畫是好畫，眾女都承認，可到底好在哪裡，卻沒人能說得出口。沒辦法，在她們的所學所識裡，沒有這種看上去更像是木炭作畫的繪畫知識。

而皇后卻是詫異地看了柳葉一眼。身為一國皇后，她當然見過類似的畫作。宮中還珍藏著不少外國使節進獻的畫作，其中就有風格相似的。可要真論品鑑，皇后與眾女一樣，外行看熱鬧罷了。

於是乎，眾口一詞的，定了莫欣雨的那幅荷花圖為第一名。

結果一公布，莫欣雨再也維持不住大家閨秀該有的沈穩，連忙下跪謝恩，滿臉的得意，笑得嘴角都要咧到耳根後去了。

「葉姊姊，妳怎麼就畫廢了一幅畫呢？要是不失誤，肯定會畫出一幅絕世好畫的，怎麼可能讓她拔得頭籌？」藍若嵐滿臉懊惱，恨恨地道。

「切，自己沒本事就直說，找什麼藉口啊？」祝夢琪開口奚落，那得瑟的神情，好似得了第一的是她。

「妳！葉姊姊真正的好畫，妳是沒見過……」柳葉還沒開口，脾氣火爆的藍若嵐已經開始「衝鋒陷陣」了。

「哼，技不如人就算了，怎麼，還輸不起？村姑就是村姑，一點大家閨秀該有的涵養都沒有。」祝夢琪一臉輕蔑之色。

「妳……」藍若嵐還要開口，柳葉拉住了她，衝著祝夢琪高深莫測地一笑，退到一邊去了。

她已經看到有一隊宮女正捧著托盤往這邊走來，其中就有那位黃姓宮女。

遊園會進行到現在，席間的水果、點心早就消耗大半，這會兒正是重新添盤的時候。

「葉姊姊，妳攔著我幹什麼？」藍若嵐很氣惱。

「不攔著妳，難道妳還想跟她打一架不成？」柳葉笑道：「輸了就是輸了，有什麼好爭辯的，我又不是衝著那第一去的。」

「可是……」

這時，那位黃姓宮女已經捧著一盤櫻桃來到祝夢琪她們身邊。

祝夢琪眼睛一亮，一邊伸手去拿，一邊還讚道：「宮裡就是不一樣，外面的櫻桃早就下市了，宮中竟還有如此新鮮的櫻桃。」

可這一伸手，卻是抓了個空，什麼都沒拿到。祝夢琪還以為是自己的原因，又伸出手，緊接著就是勃然大怒。

第八十六章　真假櫻桃

「妳個死奴才，竟敢戲弄我?!妳看看，妳拿上來的是什麼！」祝夢琪一邊罵，一邊扯下托盤上的櫻桃。

可那哪裡是一盤櫻桃，分明就是一幅畫！

「這是怎麼了？」皇后被祝夢琪的大喊大叫吸引過來，皺著眉問道。

「皇后娘娘，還請娘娘為小女作主。」祝夢琪憤怒道：「這該死的奴才，竟敢拿一幅破畫來戲弄我！」說著，還把手裡的畫紙遞了上去。

皇后接過畫紙看了看，又看向黃宮女。

此時的黃宮女，早已跪伏在地，怯生生地道：「娘娘饒命，奴婢、奴婢也不知道這是怎麼回事。」

「這麼說，妳也不知道這是假的了？」皇后說著，有意為那宮女開脫。開玩笑，這是她的宮人，一個祝夢琪也敢大喊大叫地罵她死奴才，分明就是不把她這個皇后放在眼裡。

「娘娘恕罪。」黃宮女繼續趴伏在地求饒。「奴婢……奴婢還以為這是真的，就……就給端了上來，哪想到祝姑娘沒等奴婢放下盤子，就伸手來取。」

「噗哧！」人群中有人笑出聲來，正是藍若嵐，這彪悍姑娘根本就沒考慮到皇后在場，就這麼大笑出聲。「哈哈，祝夢琪，妳這是有多饞嘴，竟連櫻桃是假的都分辨不出來？也是，櫻桃這種水果，在京都可是稀罕物，也怪不得祝姑娘嘴饞了。」

「藍若嵐，妳……」祝夢琪怒瞪藍若嵐，彷彿下一刻就要衝上去大打出手。

「嗯……本宮看著，這櫻桃畫得確實逼真，足以以假亂真了。」皇后輕飄飄地開口，卻是強硬地揭過了這一頁。「不知這幅畫從何而來？」

柳葉走出人群，有些不確定地道：「這……好像是我剛才畫廢了的那張畫。」

「哦？」皇后眉毛一挑，看向柳葉。

「我興之所至，畫完了才想起來，這次比賽的主題是荷花，就只能棄了這張畫，重新作畫了。」柳葉一臉無辜。

「這確實是妳所畫？」皇后繼續問道。

「稟皇后娘娘，這、這確實是慧敏鄉君先前畫的第一幅畫。」黃宮女適時開口。「當初鄉君把畫給了奴婢，因是作廢了的，奴婢就隨意收入袖中，或許是什麼時候掉了，陰差陽錯，才導致了這誤會。奴婢辦事不力，請娘娘責罰。」

「既然是誤會，說開了就是了。妳起來吧，罰妳半個月月俸，以示懲戒。」皇后說完，也不看祝夢琪，專注地欣賞起手中的畫來。

「謝娘娘。」黃宮女起身，默默地退到一邊去了。而祝夢琪的臉都黑了，卻又發作不得。

皇后看著被刻意剪裁過的畫紙，笑道：「如此看來，慧敏妳的畫功確實了得。若非事先知道，恐怕連本宮都要被妳這幅畫給騙過去了。」

「是啊、是啊，鄉君畫功了得，我們都沒發現這是假的，還以為真是盤櫻桃呢！」見皇后都如此說了，眾女紛紛附和。莫欣雨卻是面色蒼白，已經被震驚得不知如何是好。

「好了，既然誤會已經解開，該罰的也已罰過，諸位就各自耍去吧。本宮先行離開一會兒。」皇后起身離開，走過柳葉身邊時，指了指柳葉，輕聲說道：「妳這促狹丫頭，膽子可是不小啊。」

「娘娘英明。」柳葉乖巧地行了個福禮。

待皇后離開，眾女都圍到柳葉身邊，極盡討好、恭維之能事。大家都不是傻子，刻意裁剪了的畫紙，好巧不巧地就捧給了祝夢琪，皇后態度曖昧，連句責罰都無，可見柳葉在皇后面前的地位是與眾不同的。

只有三人沒有湊上前去，分別是面色蒼白的莫欣雨、憤憤不平的祝夢琪，以及一臉陰鬱的夏新柔。

遊園會結束了，皇后並沒有因為真假櫻桃的事而駁了莫欣雨留宮共進晚餐的事。

至於莫三小姐心中到底是欣喜榮耀多一些，還是鬱悶之情多一些，柳葉就不得而知了。

遊園會的同一天，司徒昊也進宮了。當然，他沒有去後宮，而是直接去面見皇帝陛下。御書房側室，老皇帝正與司徒昊說話，桌上擺著的赫然是幾樣新研製的脫水蔬菜，有高麗菜、紅蘿蔔、韭菜和豌豆。

「這就是你們研發出來的脫水蔬菜？」皇帝問道。

「是的，父皇。自此以後，朝廷就不必再向那些家族高價收購菜乾了。水軍所需的菜乾，朝廷完全可以自主供給。」

「嗯，確實不錯，慧敏這丫頭有些小聰明，倒是為朝廷節省了大筆的軍費開銷。」皇帝頻頻點頭，很是欣慰的樣子。

「那，父皇，是不是也該賞賜她一點什麼呢？」

「賞？賞什麼？」皇帝吹鬍子瞪眼。「她把我最心愛的皇兒拐走了，朕問兒媳婦要點東西，怎麼，她還敢問我要賞賜不成？」

「父皇？」司徒昊驚喜萬分，激動地看向皇帝。「父皇這是答應給我和柳葉賜婚了？」

「朕早就答應讓你娶她做側妃了啊。」

「父皇！」司徒昊急了。「兒臣只想讓柳葉做我的正妃。」

「不可能，她那出身，怎麼配為正妃？」皇帝斷然拒絕。「側妃也是進玉牒的正經皇家媳婦，要懂得知足。」

「父皇……」

「好了、好了，皇后那邊的遊園會該結束了，你去接慧敏那丫頭回去吧。」皇帝知道這個兒子的脾氣，不想多跟他廢話，直接趕人，免得過會兒又要吵起來。

皇后那邊，第一時間得知這父子二人的對話，驚詫地看著呂嬤嬤，道：「陛下當真說了那樣的話？」

「是的，小喜子在門外聽得真真的。陛下說，他問兒媳婦要點東西，不需要給賞賜的。」

「呵，看樣子我們順王爺迎娶正妃的日子不遠了。」

「這話怎麼說？陛下不是嫌慧敏鄉君出身不好，只許了側妃之位嗎？」呂嬤嬤一臉驚訝之色。

「出身算得了什麼？只要陛下願意，公卿世家裡隨便選個讓她認了親就是了。」

「……這怎麼行？」

「為什麼不行？這樣的例子還少嗎？」

「娘娘……」

「好了，本宮記得慧敏那丫頭已經十五了，妳去打聽一下，她的及笄禮過了沒？要是沒過，本宮不妨賞她個恩典。」

「是。」

第八十七章 香水鋪子

是夜，皇后寢殿，帝后兩人正在說著私房話。

「宗親裡的幾位兒郎已經到了成婚的年紀，朕也有意提攜幾位朝中大臣的子弟，想為他們賜婚。皇后辛苦，今日的遊園會，可有物色到什麼人選？」

「莫三小姐自是那些閨秀中最出眾的，只是出了前幾年的那件事，想把她再賜婚給其他人，怕是不妥。」

「十六那個脾氣……唉，不提也罷。」皇帝無奈地擺手。

「是。」皇后躬身應是，說起了別人。「瑞瑤……想必陛下心中早有打算。還有個就是勇武侯家的若嵐，勇武侯武將世家，若嵐姑娘的脾性還真是……烈性。」

「哈哈，京城第一凶悍女，她的婚事，就讓勇武侯自己操心去吧，朕可不敢作這個主，免得日後男方來找朕哭訴。」

「還有個夏新柔，父親雖是捐官出身，她本人卻是長得極美，看著性子也不錯。聽說家中弟弟聰慧異常，年僅十二歲就已經是秀才了。怡王子嗣艱難，把她賜給怡王做個王姬倒也使得。若能一舉得男，也是她的造化。」

「嗯，皇后費心了，怡王年歲不小了，卻只有一個嫡子，其他再無所出，是該給他多選幾個人進府才是。至於那個夏新柔，著人去調查吧。」

「那……順王與慧敏郷君的事，陛下打算如何處置？」

「那小子是鐵了心要娶慧敏當正妃，可慧敏那出身，如何能成為順王正妃，日後如何母……」皇帝話說了一半，緊急住了嘴。

皇后也當沒聽見，笑道：「出身不好，陛下賜她一個體面出身就是了。陛下與順王的父子之情才是最重要的。」

「這……朝中大臣會不會起非議？」皇帝明顯有些意動。

「陛下，兒女親事乃陛下家事，朝中大臣哪敢有異議？再則慧敏屢立大功，賜個出身，難道不應該嗎？」皇后揣摩聖意，順著皇帝的心意勸說著。

「嗯，這也不失為一個法子。先留意著吧，總要有個契機才能成事。」

兩人商議完畢，梳洗歇下，自是不提。

帝后商議之事，柳葉自是無從知曉。這會兒她正在籌備她的香水專賣店呢。藍府、珞王府這兩家嘗過圖畫書甜頭的，聞風而動，主動找上柳葉，提出合作的意願。

經過幾番商討，剩下的七成股份，柳葉獨得四成，藍府得兩成，珞王府只得一成，而且是記在瑞瑤郡主名下。

之後的日子，柳葉負責香水作坊事宜，藍府和珞王府的人則頻頻出席各種宴席聚會，大力為香水造勢。皇后娘娘更是找了個機會，把兩瓶香水賞賜給番邦友人。一時之間，香水之名傳遍京城大街小巷，大家對這只聞其香卻求而不得的香水，產生了極大的興趣。

第一家香水鋪子——卿本佳人，就是在這樣的氛圍中熱熱鬧鬧地開業了。

沒有爆竹、沒有舞獅，只有店門口一列排開的花籃，以及店鋪內某個角落傳出來的悠揚樂曲聲。

早在開業前數日，三家就把邀請參加開業典禮的請柬發了出去。收到帖子的夫人、閨秀們皆是一臉興奮地進了店。那些沒有收到帖子的，只能在外面伸長脖子張望，好奇地四處打聽。

店鋪內，正在進行一場走秀。

舞臺上，主持人正扯著嗓子介紹茉莉香水的特點。一人手持一瓶香水，對著空中噴兩下，另一位妙齡女子扭著腰肢，在香水雨中轉了個圈，步履款款地走下臺，在眾賓客間穿行，讓賓客們直接感受香水的芬芳。待一圈走完，臺上的主持人才開始介紹下一種香水。

早有心急的賓客揪著掌櫃詢問價格，結果價格一出，眾人皆愕然。百兩銀子，只得那麼小小一瓶香水?!

「掌櫃的，是不是弄錯了?便是最貴的宮廷妝粉也就十兩銀子一盒，你這香水竟要百兩銀子?」

「回貴客的話，小的再粗心，也不敢亂報價格，確實是一百兩一瓶。而且每種香味，每月限量十瓶。目前本店銷售的香水有三種香味，也就是說，這次販售的香水總共只有三十瓶。錯過這次，就只能等到下個月這個時候了。」

三十瓶，聽著好像挺多的，而且價格還如此貴。不少人都猶豫起來，可等到她們咬咬牙打算買上一瓶時，發現三十瓶香水早就被別人買完了。

「什麼?這麼快就賣完了?」

人有我無的時候，再普通的東西也會顯得十分難得，何況在座的都是京中權貴。

人群又騷亂起來。

「哎呀，掌櫃的，通融通融，賣一瓶給我吧！」

「掌櫃的，給我來一瓶，我出一百二十兩銀子！」

「我出一百五十兩！」

「一百八十兩！」

轉眼間，叫價就翻了翻。

「各位貴客、各位貴客。」掌櫃努力維持秩序，大聲說道：「不是本店不想賣給各位，而是真的只有那三十瓶香水，各位就是把我這店搜個遍，也再找不出一瓶香水來啊！」

「那我預訂下個月的，這是一百兩，掌櫃的收好了。」有腦子轉得快的，立刻掏出銀票就要預訂。

「我也預訂，兩瓶！」

眾人紛紛仿效，深怕說遲了，連下個月的都沒了。

「諸位、諸位。」掌櫃當然不敢接客人們遞過來的銀票，擺著手大喊道：「多謝各位貴客捧場，本月三十瓶香水已經銷售一空，本店不接受預訂，想要買香水的，請下月趕早。多謝各位貴客惠顧。」

掌櫃四下作揖，喊得嗓子都啞了。眾人見確實沒法子了，才漸漸安靜下來。

買到香水的心滿意足，在眾人羨慕的眼光中飄然而去。

沒買到香水的，一臉懊惱，後悔自己手慢，沒能買到。又暗暗下定決心下個月一定要趕早，不可再錯過了。

也有那機靈的，悄悄找上那買到兩、三瓶的人家，想高價從別人手裡收購一瓶。

第八十八章　被彈劾了

柳葉自己也沒想到，香水銷售會如此火爆。她把香水定義為奢侈品，一百兩一瓶的價格，連她自己都咋舌，才定了每月每種十瓶的限量。沒想到開業當天就被搶完了。

柳葉開始考慮起後續的問題。

鋪子不能就這麼空著。若是關門整整一個月，誰知道一個月後還有幾個人記得這裡還開著鋪子，怕是早以為已經關門大吉了。

匆匆找了藍夫人和瑞瑤郡主商議，決定緊急購入一批上等胭脂水粉，擺在鋪子裡。這時候就顯示出與皇家合作的好處了，瑞瑤郡主進宮把事一說，皇后點頭，瑞瑤郡主經手，從內宮局弄了批宮廷妝粉胭脂出來。藍夫人也透過關係，找到了上等胭脂水粉的供貨商。

五日後，卿本佳人再次開業。店鋪門口，矗立著大大的告示牌：本店日常出售各類胭脂水粉。每月十日開售香水，每種香水限量十瓶。新品香水價格和數量另行公告，但最高不會超出每月十瓶的數量。

香水作坊就設在柳府後院，柳葉專門撥給琳兒使用的那個院子裡。作坊裡的幾人，都是柳府簽了死契的下人。這一招倒是歪打正著，起到了保密作用，畢竟誰會想到堂堂鄉君府邸後院竟有個作坊呢？

高額的售價、火爆的銷勢，讓琳兒倍感壓力，匆匆來找柳葉商議，請求柳葉另找高人來管理作坊。柳葉也覺得應該多找幾個研究人員專注研發新品，多方考量下來，選了兩人，簽了死契，協助琳兒研發新品。而作坊的大管事，依舊是琳兒不變。

就在柳葉操心香水生意時，朝中御史們卻是坐不住了。

風聞奏事，本就是這群人的職責。何況柳葉的香水，價格高得令人驚訝，奢靡之事已成事實。再加上柳葉原本的出身，朝中本就有人不滿皇帝陛下賜宗親封號給一個鄉下女子，於是，指責、彈劾柳葉的奏摺，堆滿了皇帝的案頭。

皇帝當然不會理會這等小事。開玩笑，自己可是香水鋪子的第二大股東。雖說自己看不上這千百兩的銀錢，但這生意才剛起步，第一天就有三千兩的入帳，「錢」途可觀啊！

彈劾的奏摺如石沈大海，第二個月的香水銷售卻以比第一個月還要迅捷的速度結束了。開售前一天晚上，就有各家族的僕婦們在鋪子門口排隊，好在大家都是在同一個貴族圈裡混，抬頭不見低頭見的，又都自持身分，沒鬧出什麼大矛盾來。

彈劾的奏摺被皇帝陛下扣住，留中不發的態度更是刺激了眾御史言官，一個個摩拳擦掌，打算在朝會上當堂諫言。

這日早朝，幾件朝中大事商議完畢，便有御史出列。

「陛下，現今京中奢靡成風，慧敏鄉君一瓶香水竟要價百兩，如此高價，臣等聞所未聞……」

「愛卿啊！」皇帝語重心長，打算和稀泥。「小女兒家折騰著，給自己賺點胭脂水粉錢，不為過。何況朝中諸事繁雜，愛卿不必為了此等小事費心。」

「陛下可知，黑市上一瓶香水已經喊出三百兩的天價，而且是有價無市。一畝良田也就十兩左右，三百兩夠買二百多畝良田了，如今卻只能換得小小一瓶香水，簡直是奢靡至極啊！」

另一個大臣也出列陳述道：「陛下，百兩銀子一瓶香水，慧敏鄉君實在開了個極其惡劣的例子。若那些商賈爭相仿效，高抬物價，到時百姓們無銀買米下鍋，孩童們無銀添置冬衣，京師必亂啊！」

啪！

皇帝隨手抓了個東西就扔出去，嚇得眾大臣齊齊跪伏在地。

「亂？怎麼亂？你才是那個亂的根源！」伴隨著皇帝的罵聲，一顆珠子在地板上蹦躂了幾下就不見蹤影。

兩個出列的御史早就嚇得魂飛魄散，但還是痛心疾首地大呼：「陛下——」

「好好好，既如此，那朕就好好跟你們議一議這件事。」老皇帝整了整坐姿，開始訓話。

「先來看看，這做香水生意的都是些什麼人？慧敏鄉君柳葉，她一個才來京城沒多久的小姑娘，為了替水軍解決船上的蔬菜難題，自掏錢袋研製脫水蔬菜，還無償把方子獻給朝廷。蔬菜在海上的重要性，想必眾卿都清楚，這樣一個屢立功勞的姑娘，現在不過是憑著自己的小聰明賺點胭脂水粉錢，你們也好意思指責她？一個月三千兩的營業額，真的很多嗎？你們一個個的，哪個府上賺得不比這個數多？

「再說勇武侯府，一個渾身是傷、休養在家的藍老將軍，一個腿有殘疾的孫少爺，偌大一個府邸，除了這兩個成年男丁，剩下的全是些什麼人？老人、小孩、寡婦！一大家子就靠著藍夫人一人在支撐門庭。現在，這滿府的老弱婦孺跟著慧敏一起做點生意，你們一個個急眼雞似地眼紅，朕都替你們臊得慌。你們這些行為，讓戍守在邊關的藍家子姪們做何感想！」

眾大臣噤若寒蟬，身子是越俯越低。而那兩個當了出頭鳥的御史更是冷汗直流，臉色一陣紅、一陣白，也不知道是嚇的還是羞的。

皇帝頓了頓，緩了語氣道：「朕知道，香水畢竟是女兒家打扮梳妝的東西，卻要價一百兩，眾卿一時難以接受，進而產生擔憂，也是可以理解的。但是，眾卿不妨想想，那些真正買了香水的人家，個個都是高門大戶，有哪個是缺了這百兩銀子的？限量銷售，意思就是限制了香水的消費群體，不可能是普通民眾，不會發生影響民生這種事，眾卿大可放心。」

「陛下英明！」大臣們還能說什麼？不管是眼紅的還是存心打壓的，抑或是真正憂國憂民的，這時候除了「陛下英明」四個字，再無其他可說。

第八十九章 及笄禮

消息傳到柳葉耳中時，柳葉也只發了發牢騷就沒事了。

司徒昊等著柳葉發洩完，才開口問道：「怡王府是不是找妳談過入股的事，而妳拒絕了？」

「是啊。」柳葉喝了口水才道：「不只怡王府，還有鎮國公府、吏部尚書府，我通通都拒絕了。我手頭只有四成股，本就不多，再分出去，那我還做什麼生意，直接關門大吉得了。」

司徒昊敲著桌子，想了想才道：「這就對了。妳的甜品屋、圖書、香水都與珞王府有關，妳又拒絕了怡王的合作。在怡王一派眼裡，妳自然就成了眼中釘。」

「圖書的事，我可沒出面。」柳葉搶白。

「乖，聽我說完。」司徒昊揉了揉柳葉的頭髮，繼續說道：「妳是我的人，在外人眼裡，我們倆不管是誰出面，代表的都是順王府。而三筆生意都與珞王府有關，怕是早就有人疑心我與珞王已經聯手了。接下來的日子，不好過了。」

「那怎麼辦？會不會有什麼危險？」柳葉不免有些擔心。前世電視劇裡那些奪嫡的，可是一言不合就打打殺殺。

「沒事，該幹什麼就幹什麼，這麼多年不都是這樣過的？一切有我。」司徒昊安慰柳葉。

柳葉本就心大，何況這種事，擔憂也無濟於事。轉頭就拋到腦後去了，每天照例忙活。

幾天後，司徒昊送了一對侍女過來，一個叫尋梅，一個叫問雪，都是剛從訓練營裡出來的，不但熟知禮儀、會伺候人，最難得的是，這兩個丫鬟會武，且武功底子還不賴。至於那訓練營是什麼樣的所在，司徒昊笑了笑，沒說話，只告訴柳葉，若是要人，就拿紅玉珮去找玄一。

從不出府門的柳氏，這段時間卻是頻頻出府，柳葉問了幾次，得知是去藍府找藍夫人，也就不再擔憂，反而鼓勵柳氏多出去走走。

柳氏不禁好笑。「妳個傻丫頭，馬上就是妳十五歲的生辰了，女子十五及笄。我忙裡忙外的，妳卻像個沒事人一樣。」

「嘿嘿，這不是有娘在嘛！」柳葉乾笑幾聲，她是真的忘了自己的生日。

十月初十，柳葉十五歲生日當天，柳府雖談不上賓客盈門，但幾家相熟的人家都來了。藍夫人、藍若嵐、瑞瑤郡主、南宮雪、芸娘……就連只見過一面的珞王妃都來了。還有幾家雖不如藍府那般關係熟絡，卻也派了家中姑娘帶了禮物前來觀禮。

側室裡，沐浴更衣後的柳葉端坐在蒲團上，聽著正廳傳來的幽幽樂曲聲，以及贊禮的大聲唱和聲。雖說宋嬤嬤早已教過她禮儀流程，賓客中也都是自己認識的人，但她還是緊張得手心冒汗。

一個小廝匆匆跑進大廳，微低著頭，對柳氏行了一禮，稟道：「皇后娘娘身邊的呂嬤嬤來了，劉總管讓小的先來通報一聲，請主母早做準備。」

柳氏一愣，不由看向藍夫人討主意。

「知道了，你下去吧。」藍夫人打發走小廝，笑著對眾人道：「宮裡的呂嬤嬤來了，我們不如先等一等。」

眾人一邊附和著，一邊心中卻起了計較。不知這呂嬤嬤這會兒過來，所為何事？

「哎呀，老奴來晚了，沒有耽誤鄉君的吉時吧？」呂嬤嬤人還未到，聲音卻先傳了進來。

聽著這明顯歡快的聲音，柳氏長長地吁了口氣，怦怦亂跳的心總算落回一半。

呂嬤嬤進了正廳，對柳氏行了一禮，又對藍夫人、瑞瑤郡主等有誥封的幾位福了福，才端正身子，說道：「皇后娘娘得知慧敏鄉君今日及笄，特命奴婢前來，一來送上賀禮，二來，娘娘囑咐奴婢一定要觀了禮再回去，也好仔仔細細地說與娘娘聽。」

藍夫人暗中推了柳氏一把，柳氏才上前向呂嬤嬤行了一禮。「勞皇后娘娘費心，民女一家感激涕零。」

「哎呀，呂嬤嬤，您老可是請也請不來的稀客，快快上座，儀式馬上就要開始了。」藍夫人也緊跟著上前，請呂嬤嬤入座。

「藍夫人萬安，老奴只是來觀禮的，可不敢托大坐上座。」幾番推讓，呂嬤嬤還是堅持留在觀禮位上，與眾賓客一起就坐。

廳中的騷動，柳葉只聽其聲、不知其事，又不能出去打聽，正著急呢，只聽得外頭贊禮唱道：「笄禮開始，請笄者出東房！」

然後就看到擔任贊者的瑞瑤郡主走了進來。兩人互行揖禮。柳葉小聲問道：「外頭出了什麼事？」

「好事，呂嬤嬤來了，帶了皇祖母的賀禮來。」瑞瑤郡主笑著，催促柳葉。「快走吧，具體的等儀式結束了再問不急。」

兩人走出，柳葉先是拜見柳氏，又揖拜正賓。擔任正賓的藍夫人回了小禮，柳葉這才端端正正地就坐於早已準備好的席上。

只聽得贊禮唱道：「請正賓盥手，請贊者為將笄者理妝！」

藍夫人先起身，柳氏隨後起身相陪。正賓洗手，稱為盥手禮。禮畢，兩人歸坐。與此同時，瑞瑤郡主為柳葉梳頭。

之後就是一連串的儀式，最後是聆聽母訓。

待贊禮大唱「笄禮成」時，柳氏攜柳葉向眾人行禮答謝後，及笄禮才算完成，眾人說笑恭賀著去了花廳吃席。

第九十章　夜闖閨閣

待送走最後一位客人，柳葉才長長地伸了個懶腰，嘟囔道：「哎呀，總算結束了，累死人了。」

「妳呀！」柳氏寵溺地點了下柳葉的額頭。「都及笄了，還沒個正行。」

「怎麼沒正行了？我這是真情流露。」柳葉向柳氏皺了下鼻子，飛快地跑了。

「哎，妳小心點，別摔了。」柳氏擔憂的聲音從背後傳來。

「知道了！」說話間，已沒了柳葉的身影。

夜晚，柳葉躺在床上，心中不免想起司徒昊這個傢伙，今天自己生日，他竟然連個表示都沒有，好像已經有三、五天沒見到他人了……

突然房中有什麼聲音響起，柳葉不由得一驚，身子往被窩裡縮了縮，抓著被角，仔細聽了起來。沒再聽到聲音，但帷幔上卻映出一個人影。黑影越來越近，手已經攀上帷幔，眼見著就要掀開帷幔進來了。

柳葉緊緊盯著那個黑影，尖叫聲已經在喉嚨口打轉，隨時就要大叫出聲。下一刻，一隻大手捂上她的嘴巴。

「噓，別叫，是我。」司徒昊的聲音在柳葉耳邊響起。

看到柳葉安靜下來，司徒昊才敢放開手，一臉笑意地看著她。「丫頭，生辰快樂。」

「呼，嚇死我了。你幹麼，三更半夜的，夜闖女子閨房，想做那採花賊不成？」柳葉拍著胸口。

「那妳這朵花，給我採不？」司徒昊欺身上前，深深地看著柳葉。

此時的柳葉縮在床角，薄薄的被褥搭在胸前，只穿著裡衣，酥胸半露，臉上還殘留著驚嚇後的害怕之色，就這麼直直地撞進司徒昊的眼中。

司徒昊頓時有些後悔起來，自己有些玩火自焚了。可讓他就此起身離開，又是萬萬捨不得。

「你、你要幹麼？」柳葉被看得有些不知所措，感覺胸腔裡的那隻小鹿已經不聽使喚。

「葉兒，妳真美。」司徒昊緩緩靠近，在柳葉唇上印下深深的一吻。

柳葉想掙扎，可伸出去的手，不由自主地環上了司徒昊的脖子。

就這樣，好像過了很久，又好像只是一瞬間，像雪花飄落在冰面上，剎那間融為一體。

柳葉還沈浸在那種無法言喻的美妙感覺時，突然唇上一輕，卻是司徒昊提前結束了這個吻。

「咳咳……」司徒昊尷尬得不行，他的身體已經起了某些反應，可他偏偏只能暗自壓抑著，還得擔心不能被柳葉發現。「丫頭，我……」

柳葉卻是瞬間福至心靈，眼神意有所指地在司徒昊的腰部以下掃視，無良地笑了。「哈哈～～」

「哎呀，妳個壞丫頭，還敢取笑我，信不信本王現在就把妳給辦了？」司徒昊惱羞成怒，撲身上去就要撓她癢。

柳葉雙手一拉被子，笑得更大聲了。

「姑娘？姑娘可是有事？奴婢進來了喔！」門外突然響起桃芝的聲音。

「噓……」司徒昊將一隻食指放在嘴邊，眼睛瞟著門口，示意柳葉解決門外的麻煩。

「沒事、沒事，作了個美夢，給笑醒了。」柳葉隨口胡謅。「桃芝姊姊快去睡吧，我也要回去繼續作我的美夢了。」

門外的桃芝笑出聲來。「那姑娘早點休息，奴婢就不打擾姑娘的好夢了。」

聽著門外的腳步聲漸行漸遠，司徒昊才從柳葉身上下來，一隻手枕在頭下，隨意躺在柳葉身邊，說道：「哎呀，好累啊。偏偏父皇這時候派了差事給我，我是緊趕慢趕才趕回來的，還好沒錯過給妳送及笄禮。」

說完，一骨碌坐起來，從懷裡取出一個長方形的小盒子，遞給柳葉。「我自己做的，看看喜不喜歡。」

柳葉也坐起來，接過盒子打開，一支玉簪靜靜地躺在裡面，晶瑩剔透的玉色中透著淡淡的粉，在窗口透進來的月光映射下發出瑩瑩柔光。簪頭一朵雪蓮花，幾條流蘇垂下，底部是似水滴又似蓮子的同色玉石，隨著柳葉拿簪子的動作，發出清脆的響聲。

「好美啊！」柳葉由衷地讚嘆。

「喜歡就好。」司徒昊寵溺地摸了摸柳葉的頭髮。

「謝謝你，司徒昊。」

柳葉的及笄禮上，皇后送了賀禮的事很快傳遍了貴族圈。柳葉收到賞花宴、詩會的帖子更多了，她煩不勝煩，卻也不能一家都不去，落個孤傲的名頭。千挑萬選的，選了靖國公府的宴會，收拾妥當，帶著尋梅和問雪赴宴去了。

靖國公府後院的花園裡，眾閨秀看到柳葉過來，紛紛圍上去打招呼，恭維的、討好的，完全沒有剛進京時的冷嘲熱諷。當然，這些人中不包括莫欣雨、祝夢琪、夏新柔，以及幾位對司徒昊有非分之想，把柳葉當成情敵的小姐們。

「哼，小人得志。」祝夢琪忿恨地啐了一口。

「那也是人家有本事。」莫欣雨看著被圍在人群中的柳葉，眼神意味不明。

「我去跟她打個招呼。」夏新柔揉著手中的帕子，眼神陰鷙。

「哎，妳……」祝夢琪正要開口，夏新柔已經朝柳葉那堆人群走去了。

「姊姊安好。」一堆恭維聲中，一個柔柔的聲音響起，正是夏新柔。只見她微微福了福，笑道：「前段時間跟母親說起慧敏鄉君，才知道鄉君竟是我那被逐出族譜的姊姊呢。不知柳姨可還好？」

「什麼？被逐出族？」

「慧敏鄉君是夏家人？」

「被逐出族？這柳葉是犯了什麼大錯不成？」

「看她沒名沒分的，就跟順王爺有了首尾，想來也不是什麼好品行之人。」

柳葉還未有反應，周圍的人群都被這爆炸性的消息給驚到了，竊竊私語聲層出不窮，且說的話也越來越難聽。尋梅、問雪兩個丫頭急得想揍人，柳葉卻是一言不發，看著夏新柔，嘴角的弧度越來越大，竟是笑了起來。

第九十一章 往事之爭

「妹妹這些年倒是越發長進了，可見這庶女變嫡出的好處還是挺多的，起碼妹妹變得更加聰慧了呢。」柳葉言笑晏晏，一副很欣慰的模樣。

聽了柳葉的話，人群裡的八卦之火燒得更旺盛了。

「夏姑娘是庶出？」

「不會吧？她是夏家主母親生的啊，沒聽說有什麼陰私。」

「難道是記名在主母名下的？」

「哎呀，妳們難道沒注意到？夏姑娘話語中還有個人柳姨，這人應該是指柳葉的母親吧？」

「肯定是寵妾滅妻的戲碼！」

「什、什麼庶女變嫡出，妳別胡說，妳的名字已經從族譜上劃掉了，不再是夏家的人了。夏府只有我一個嫡女。」夏新柔臉色煞白，偷雞不著蝕把米，說的就是她現在的心情。看不慣柳葉那得意模樣，本想藉當年的事奚落柳葉，沒想到柳葉竟也知道當年之事，一句話就轉移了眾人的注意力。

怪只怪她夏新柔涉世未深，還不能徹底了解吃瓜群眾的心理。一個德行敗壞的女子和一椿寵妾滅妻案，自然是情節勁爆的寵妾滅妻案，更能挑起群眾的八卦之心。

「是啊，當初就因為妹妹妳搶了我的風箏，父親大人一巴掌差點打死我，我們母女被趕到鄉下莊子過活，竟還有人容不下我們，不辭辛勞地送來放了毒藥的點心，害得趙婆子白白丟了性命，母親才帶著我和離出了夏家。夏姑娘，妳是想提醒我這件事嗎？」

「不，不是這樣的，妳胡說！」夏新柔慌了，事情若真如柳葉所說，那她夏家的名聲可就壞了，她夏新柔的名聲也完了。

「事情到底如何，妳不妨回去問問妳母親，她身邊應該有位孫嬤嬤吧？當初就是這位孫嬤嬤送有毒的點心到莊子上的。」柳葉好整以暇地道。

「不，肯定是妳胡說。是了，妳記恨當初被逐出府的事，這才誣衊我夏家。姊姊，再如何，夏家還有妳父親、祖母在，妳怎麼能無中生有，玷污夏家的名聲呢？」夏新柔很快就鎮定下來，反唇相譏。

「無中生有？為什麼不是確有其事呢？」柳葉看著夏新柔，又笑了。「夏姑娘，妳說我是被逐出夏府的，那請問妳，是什麼樣的過錯，讓一位親生父親不顧父女親情，驅逐一個年僅五歲的孩子？」

「那是因為……因為……」夏新柔開始絞盡腦汁想說辭。

「偷東西？說謊？還是打架？可五歲的小娃不正是要請先生好好教導的年紀嗎？什麼樣的父親，會因為孩子的不懂事，而直接把親生女兒趕出府呢？」柳葉繼續發問。

「搞不好是有些人不知廉恥，做了什麼有辱門風的齷齪事呢！」祝夢琪擠進人群，厭惡地看著柳葉。「能沒臉沒皮地纏著順王爺的人，會是什麼好人？」

「哈哈，葉姊姊那時候才五歲。祝夢琪，妳五歲的時候就知道怎麼勾搭男人了？」藍若嵐也過來了，一來就跟祝夢琪對上。彪悍女就是不一樣，連勾搭男人這樣的話都說出來了。

「不是她，那就是她母親……」

啪！啪！

柳葉上去就是啪啪兩下，祝大姑娘兩邊臉頰立刻紅了。

「妳、妳敢打我？」祝夢琪雙手捂著臉頰，怒視柳葉。

「打都打了還問，沒長腦子嗎？」柳葉拿手帕擦了擦手，順手就把手帕給丟了。

這個動作落在祝夢琪眼中，更是火上澆油。

「妳！」眼看著祝夢琪就要衝上去跟柳葉拚命，莫欣雨趕緊伸手拉住她。

夏新柔也是哭鼻子抹淚的。「祝姊姊，嗚嗚……都是我不好，都是因為我，才讓妳被打，嗚嗚……」

莫欣雨上前一步，說道：「柳姑娘，當年妳和夏姑娘都還年幼，即便有些記憶，想必也會有所偏差。這樣的事，總要講究個證據確鑿才行。何況那是長輩們的事，子不言父過，柳姑娘還是不要信口開河的好。」

「當年我母親是和離出府的，具體事項青州府衙都有存檔。莫姑娘若是不信，大可親自去青州查查當年之事。若我母親真做了什麼，怎麼可能只是和離而已？還是莫府的那些妻妾做了不軌之事都是和離了事，不需要受到懲罰？」

「妳……」莫欣雨被堵得說不出話來。

「妳又何必如此咄咄逼人？莫姊姊和祝姊姊跟這事一點關係都沒有。」眼看莫、祝兩人都敗下陣來，夏新柔只好再次上陣。「莫姊姊說得對，沒有證據之前，無論妳說什麼，都是沒人會信的，妳就別白費心思誣衊我夏家了。」

「哦？不是妳先來招惹我，捅出當年的事嗎？」柳葉一臉無辜，隨即冷下臉來。「我與夏家十年前就已經沒了關係，只是陌生人罷了，需要我費心思去誣衊什麼？」

「妳……」

「閉嘴！」夏新柔還想再說什麼，被柳葉大聲喝住。「以後，別再來招惹我，不然被打哭了可別怪我。」

說完帶著人揚長而去。

眾人一看吵架的雙方只剩下一方人馬，再無熱鬧可看，也都漸漸散開了，只是私底下的議論卻是越演越烈。

不知道夏新柔回家後是怎麼說的，反正柳葉是什麼也沒說，還叮囑了跟著去的兩個丫鬟閉緊嘴巴，別讓柳氏知道後擔心。夏家在她眼裡，比陌生人都不如，哪有柳氏的心情重要。

可她沒想到的是，她的親生父親夏玉郎，竟然堂而皇之地登門來了。

收到消息的柳葉心情立刻不好了。「桃芝，妳去蘅芜苑拖住我母親，千萬別讓她知道夏玉郎來訪的事。」

「是，姑娘。」桃芝想了想，回屋拿了針線笸籮就去了蘅芜苑。

「尋梅、問雪，走，咱們去會會我那個所謂的親生父親。我倒要看看，他哪來的臉面上門？」

第九十二章　夏玉郎登門

此時，坐在柳府客廳裡傻等的夏玉郎也很鬱悶。沒錯，是傻等，沒茶沒水不說，廳裡連個使喚的下人都沒有。

這對一直被他無視的母女，竟用輕飄飄的幾句話，就把他苦心經營的夏府名聲給玷污了。更鬱悶的是，他壓根兒不知道，最近京中風頭正盛的慧敏鄉君，竟會是那個被他趕出家門的大女兒。

而知道了這層關係的怡王，竟讓他想法子弄到香水配方，否則就說明他是順王的人，親近怡王是另有目的。這樣的罪名足以讓夏家萬劫不復。

夏玉郎後悔啊，當初自己怎麼就沒能一巴掌直接打死那臭丫頭呢，害他現在丟了顏面不說，還被怡王懷疑。

「喲，這是誰啊？」

就在夏玉郎等得不耐煩時，柳葉帶著尋梅、問雪進來了，施施然地在正廳主位上坐下，開口說道：「我記得我們柳家與夏府並無來往，夏老爺這次來所為何事？」

夏玉郎壓抑著怒氣，說道：「婉柔，我是妳父親。」那丫頭竟就這麼大咧咧地坐在主位上與自己說話。但沒辦法，他還想打打感情牌，好套出香水方子來。

「夏老爺恐怕是弄錯了，我叫柳葉，是皇帝陛下親封的慧敏鄉君，不是夏老爺口中的婉柔，還請夏老爺以我的封號稱呼。」柳葉取過問雪端上來的茶水，喝了一口。

茶水只有一杯，自然是沒有夏玉郎的分兒。

「婉柔……」柳葉一記眼刀飛過去，夏玉郎只能無奈地改口。「慧敏，妳母親呢？」

「娘親她沒空，有什麼事，你跟我說就行。」

「唉，三娘還是在記恨我啊！」夏玉郎一臉憂傷悔恨的樣子。「我知道當年的事，是我對不起妳們母女，可都過去這麼多年了，有什麼誤會，我們就不能坐下來好好談談嗎？」

「誤會？沒什麼誤會，從我娘和我的名字從夏家族譜上劃去的時候起，我們之間就沒什麼關係了。既然沒關係了，又哪裡來的誤會？」

「慧敏，當年妳還小，可能記不大清楚了。當年是妳母親堅持要和離的，我也是一時氣不過才答應。其實，我也是捨不得妳們母女的。」柳氏不在，夏玉郎想著當年柳葉還小，不一定記得，就開始睜眼說瞎話。

「哦？是嗎？那這麼多年了，怎麼也沒見夏老爺關心一下我們母女啊？」柳葉滿臉嘲諷地看夏玉郎表演。

「唉，當年離開青州，走得太急，沒能通知妳們，之後就是天各一方，無從打探妳們的消息。直到前些日子才知道妳改了名字，不但也來了京城，還有幸被聖上封為鄉君。乖女兒，為父實在為妳感到高興。」夏玉郎先是唉聲嘆氣，說到後來卻是換上一副與有榮焉的驕傲神色。

「哈哈，夏老爺的表演還真是精采。」柳葉哈哈大笑，說道：「好了，現在表演也表演過了。夏老爺，大門在那兒，請回吧。」

「葉兒……」

「夏老爺，請叫我慧敏。」柳葉正色道：「夏老爺這是把我當什麼都不懂的小孩哄呢？我外祖家就在清河，沒搬過家也沒改過名，清河柳舉人，不說有多出名，但在清河也不是無名之輩。夏老爺真要是關心我們母女，會無從打聽消息？再說了，當年我母親為什麼要和離，你不知道嗎？」

「這……當初因為是跟著怡王的隊伍離開的，走得實在太過著急，忽略了妳們母女，為父我認錯還不行嗎？」夏玉郎決定再努力一把。「至於和離那事，佑哥兒是夏府唯一的男丁，是要繼承香火的。看到他受傷，為父我一著急，讓妳們母女受委屈了。可是，和離真不是為父的本意啊！」

「別為父、為父的，夏老爺，你的女兒夏新柔不在這裡。」

「好好好，為父……喔，不，我不說了。一切都依妳，都依妳。」

「別演得那麼肉麻讓人噁心。夏老爺是不想和離，夏老爺只是想毒死我們母女罷了。」

「什麼？別胡說！誰要毒死妳們了？」夏玉郎一臉驚駭之色。

柳葉要是信他才有鬼。她起身，不耐煩地道：「好了，不用多廢話了。夏老爺這次來的目的，我也能猜到幾分。我可以明確地告訴你，不管是要香水方子，還是想合作生意，都不可能。快走，不送。」說完，柳葉先一步走出了大廳。

「慧敏！」夏玉郎追出來喊她。

柳葉停下來，轉過身來道：「怎麼？夏老爺還不走，等著我關門放狗嗎？」說完，還衝問雪招呼。「去把後院那幾隻惡犬牽出來，給夏老爺開開眼界。」

「是。」問雪答應著，作勢就要往後院去。

「別、別！我這就走。」夏玉郎連忙開口阻攔。「慧敏，代我向妳母親問好，過幾天我再來看她。」

柳葉不理他，自顧自回了後院，並對問雪說：「吩咐下去，夏家的人若是再來，不必來報，直接用棍子打出去了事。」

「是。」問雪答應了，笑著問柳葉。「姑娘，我們府上什麼時候養了惡犬？」

「哦？沒有嗎？」柳葉一臉才知道的樣子，道：「那就讓劉管事尋幾條好狗回來養著，要凶悍、會看家護院的。」

這邊主僕幾個談著話，那邊才出柳府大門的夏玉郎，卻是跟剛回府的柳晟睿撞了個正著。

兩人自是誰都不認識誰，柳晟睿還以為是來府裡拜訪的客人，禮貌地朝夏玉郎行了個禮，正待說話，門房就迎了出來。

「少爺今兒下學可早。」

「嗯，回吧。」柳晟睿看下人對夏玉郎不聞不問的，想著可能是自己弄錯了，這人大概只是路過罷了，也沒糾結，帶著人就進了府。

夏玉郎聽到門房喊那少年「少爺」，心裡打了無數個問號，臉上也是一會兒憤怒、一會兒欣喜的。還沒回到夏府，便急急打發下人去打探柳府少爺的消息。

第九十三章 身分曝光

夏玉郎好歹也在京中混了近十年，想要打聽個人還是可以做到的。何況柳晟睿又不是什麼重要人物，柳家並沒有刻意隱瞞有關柳晟睿的消息。很快的，一份寫著柳晟睿生平的報告就擺在夏玉郎的案頭。

此時的夏玉郎，想法一個接一個冒出來。但是，不管內心如何複雜，自己多了個兒子的欣喜還是占了大部分。

任由這個兒子流落在外，還是讓他認祖歸宗？若是認了兒子，那女兒認不認？柳葉手上有香水配方，怡王又逼得緊，若是讓姊弟兩人都認祖歸宗，那香水方子不就是夏家的了？自己是一家之主，到時候還不是自己說了算？

可是……袁仙師說過，新柔是貴命，即便不能母儀天下，也所差無幾。而柳葉卻與新柔命格相剋，這也是當初自己對姜氏企圖毒害柳氏母女的事不聞不問的真正原因。事實也證明，當初自己的決定沒錯，自從柳氏母女離開夏家，夏家很快就攀上了怡王府，一路順順利利地走到現在。

這會兒若是認回柳葉那丫頭，不知道會不會有什麼不好的事發生？可香水方子是一定要拿到的，百兩銀子一瓶的香水，自己輕輕鬆鬆就能賣出幾十萬甚至上百萬銀錢來，怡王不也是看重了香水的高利潤才勢在必得的嗎？

思及此，夏玉郎匆匆去了後院，他要與母親商量一下，制定出一個計劃，先把方子弄到手，再想法子把柳葉這個剋星給解決了。

與此同時，柳葉也在與司徒昊討論夏家的事。

一直以來，她對夏家如何攀上怡王府還是有著好奇。只是自己下意識不想與夏家有什麼瓜葛，也就從來沒主動去查探過夏家的情況。

「怡王的嫡子今年正好十歲。」司徒昊將他所知道的娓娓道來。

當年怡王大婚不久就傳出王妃有喜的消息，可惜過沒多久，怡王妃就不幸小產。之後數年，再無有孕。那時候，珞王已有了兩個嫡子、一個嫡女，珞王身為皇長子，又子嗣繁盛，一度有大臣提議立珞王為太子。

怡王為此可謂是愁白了頭髮，私下做了不少動作，才使得朝中暫停立儲的討論。

後來不知何故，怡王夫妻倆竟決定拜佛求子。京城的寺廟拜了個遍不算，兩人還雙雙出京，一路向南，遇山拜山，遇佛參佛，發誓不求個嫡子回來就不回京了。

終於，皇天不負有心人，怡王妃有孕了。只是那時候走得有些遠了，待到王妃回京後沒幾天，孩子就降生了。

夏家也是那個時候進京的，據說是怡王一行途經青州時，王妃動了胎氣，幸得夏家相助才得以平安。

「妳不知道吧？妳還有個早夭的弟弟。姜氏進京時懷裡抱著個奶娃娃，在怡王妃生產後沒幾天，夏家就傳出娃娃不幸早夭的消息。」司徒昊意味深長地看著柳葉，笑道。

「怎麼可能，我母親和離那會兒，沒聽說姜氏懷孕了啊。憑姜氏的脾氣，要是懷孕了，非弄得眾人皆知不可。不對，你讓我好好想想。」柳葉低頭沈思了片刻，突然驚訝地抬起頭來。「不會是怡王的那個嫡子，不是他親生的吧？」

「皇家血脈不容有疑，那孩子是怡王的，卻不是怡王妃的。怡王妃早在第一個孩子小產時就失去了再孕的可能。怡王府雖然瞞得緊，但還是有那麼幾個人知道的。」司徒昊說道。

「也就是說，青州動胎氣的根本不是怡王妃。而夏家機緣巧合，幫著怡王府打了掩護？真是……夏家竟然沒被滅口？」

「瞎說什麼呢？」司徒昊輕輕敲了柳葉一下，才道：「夏玉郎賺錢的本事不小。兩家人，一家想攀權，一家想攬財，中間又有這麼件事情在，自然是一拍即合，夏家順利攀附上怡王府了。」

「那這次夏玉郎來找我，還真是因為我的那幾個生意嘍？而且很有可能是怡王授意的？」柳葉摸了摸脖子，道：「果然，對於夏家人，不能抱任何幻想。可憐了我母親，若是讓她知道，又要傷心一回了。」

「妳還是好好想想該怎麼應對吧？我那三皇兄可不是吃素的。」司徒昊提醒柳葉。

「怡王是你三皇兄，不是我的，憑啥要我去應付他啊？」柳葉這是耍上無賴了。

「夏玉郎可是妳的親生父親，而且還有睿哥兒在呢，估計這會兒夏家已經知道睿哥兒的身分了。」司徒昊繼續提醒她。

「哎呀，真煩，果然夏家就是我的剋星，遇到他們肯定沒好事。」

都說京中無秘密，夏玉郎又很高調地頻繁往柳府跑，雖然沒有一次能正式進府，可柳家與夏家的關係已是鬧得人盡皆知。

而且在有心人的刻意引導下，指責、詬病柳氏的言論越來越多，有不問青紅皂白，指責她帶女和離的；有罵她喪盡天良，不讓兒女認祖歸宗的；更有甚者，竟然誣衊柳氏德行有虧。

流言傳到宮中，老皇帝黑著一張臉就進了皇后的長春宮。

「妳說說，這、這都是些什麼事！」四下無人，老皇帝也不再端著，一坐下就開始數落起來。「十六那個臭小子，京中那麼多大家閨秀他不選，偏偏對個村姑上了心。好，村姑就村姑，竟還有個那樣的母親，這讓我們皇家的臉面往哪兒擱？」

「陛下息怒。」皇后親自端了茶水給他順氣，道：「流言蜚語，不足為信。慧敏什麼樣的人品，陛下也是心中有數的。她那個母親，據說進京後只去過幾次勇武侯府，平時都是待在府中輕易不見客，那些流言都只為重傷柳家罷了。」

「那又如何？流言四起，那是事實。」

「妾身倒覺得柳氏母女的遭遇著實可憐。親夫寵妾滅妻，親父打殺女兒。說句大不敬的話，若是妾身碰到這樣的事，怕是早就支撐不下去了。柳氏母女能一路走到現在，還越過越好，這份堅韌，妾身很是佩服呢。」

「唉，朕又何嘗不知，這是有人看中慧敏那丫頭手上的那幾筆生意，想要占為己有。是有人想擴張勢力想瘋了，急於斂財呢。」

「陛下心中自有溝壑，是妾身多嘴了。」

第九十四章 再次上門

「可是，現在這流言鬧得沸沸揚揚，這要朕如何去跟魯公提認慧敏做魯家養女的事？」

「是清流名士大儒魯鴻達魯老先生？這可就麻煩了，這樣的人家最重名聲。柳氏是和離的，雖說比休棄好些，可現在弄得流言四起……慧敏有個這樣的母親，魯老先生怕是不會答應。」

「唉，罷了、罷了，朕本來就不同意慧敏做順王正妃，這事以後再說吧。還有，那個夏新柔進怡王府的事，也暫且擱下吧。」

老皇帝說著，起身就要回宮。

「陛下。」皇后叫住了他。「陛下不幫幫慧敏那丫頭嗎？她的生意裡，可還有皇家的股份呢。」

「若是這點小事都處理不了，還怎麼嫁進順王府？這事妳別插手。對了，告訴十六一聲，也不許他幫忙，朕倒要看看，這丫頭到底有幾斤幾兩。」

「是，恭送陛下。」

有了皇帝的命令，司徒昊只好苦著一張臉向柳葉道歉。

「好在妳有紅玉珮，可以調動順王府的力量。妳就好好表現一番，給老頭子看看。」這是司徒昊對柳葉說的話，柳葉也只能無奈地送了個大白眼給他。

這次，夏玉郎趁柳葉不在府裡時進了門，還順利地見到了柳氏。

「三娘，我知道當年的事是我對不起妳們母女。這麼多年了，實在是沒臉來見妳們。」夏玉郎一臉悔恨之色，頓了頓，才道：「如今京中流言四起，三娘，不如讓兩個孩子回歸夏家吧？對兩個孩子都好。」

「回歸夏家？」柳氏忍了又忍，才沒把手邊的茶杯砸向夏玉郎。「丟了十幾年的東西，還有找回來的可能嗎？既然當初不要我們，現在又何必假惺惺地跑來作戲？」

「三娘，不要意氣用事，妳知道現在京中都怎麼談論妳嗎？對兩個孩子的影響有多壞嗎？睿哥兒還小，暫時影響不大。可是葉兒不一樣。我聽怡王府的人說，聖上原本有意讓葉兒做順王側妃的，現在因為妳的事，聖上生了大氣，難道妳要讓葉兒就這麼無名無分地跟著順王一輩子嗎？」

好歹也是做了幾年夫妻，夏玉郎對柳氏的性格還是有些了解的，這番話一下子就戳中了柳氏的弱點。

京中的流言，柳氏並不是一無所知，正擔心著會不會影響到兩個孩子，聽夏玉郎這麼一說，更是憂慮起來。

「三娘，讓兩個孩子回夏府吧！我保證，他們還是我夏府的嫡子、嫡女。我現在好歹也是個從五品的官身，兩個孩子回了府，就是正經的官家小姐、少爺，又有怡王的幫忙，葉兒在婚事上也能順利許多。」夏玉郎察言觀色，繼續蠱惑柳氏。

「哦？夏老爺還願意認我們姊弟為夏府的嫡子、嫡女？」柳葉與柳晟睿回來了，正好聽到夏玉郎的這番話。

「當然，你們本來就是我夏家的嫡子、嫡女。」夏玉郎連忙裝出一副親切的樣子來。

柳葉撇了撇嘴，問道：「那請問夏老爺，打算如何安置我娘親呢？重新迎娶我娘親進門嗎？那姜氏怎麼辦？她可是做了夏府十年的主母啊。」

「妳母親是和離出府的，怎好再回夏家？」夏玉郎想也不想就說出了拒絕的話。

「我不離開我娘親，娘親在哪兒，我就在哪兒。」柳晟睿趕緊跑過去，一把抱住柳氏表達自己的意願。

「母親不能入府，那何來的嫡子、嫡女之說？難道夏老爺讓我們姊弟認賊做母，把我們寄養在那個企圖毒害我們的惡女人名下嗎？」柳葉本不想多廢話，可她又必須如此，她要讓柳氏徹底看清楚夏玉郎的險惡用心。

「葉兒，姜氏並沒有想要害妳們，當年的事，只是個誤會。」夏玉郎眼珠一轉，說道：「妳不知道，因為妳母親是和離的，名聲壞了，聖上對此事很氣憤，原本要讓妳做順王側妃的事也黃了。葉兒啊，只要妳回了夏家，為父必向怡王陳情，讓怡王出面幫忙，在聖上面前替妳和順王說說好話。怡王是聖上最寵愛的皇子，肯定會有用的。」

「那還真要多謝夏老爺了。」柳葉嘴角露出一抹譏笑。「不過，夏老爺弄錯了一件事。跟夏老爺說的恰恰相反，是我不想做側妃，才讓順王拒絕了皇帝陛下，跟我母親一點關係都沒有。」

「妳、妳竟敢拒絕聖上，妳不怕聖上怪罪嗎？」夏玉郎有些驚駭。

「這不關夏老爺的事。」

「那……妳自己不想嫁入順王府，那是妳的事，可還有睿哥兒呢，官家子弟總比平民強上許多。就是學業上，也要便利些。」見柳葉這邊說不通，夏玉郎又拿柳晟睿說事。

「我不稀罕，我只要我娘親和姊姊。」柳晟睿及時表達，惹得柳氏一把抱住他，眼淚都要流下來了。

柳葉也投給柳晟睿一個讚許的眼神，轉頭對夏玉郎道：「好兒郎當建功立業。睿哥兒的身分地位，自是由他自己去爭取，更不需要夏老爺你來操心了。」

「可我畢竟是你們的親生父親。」夏玉郎有些詞窮。

「夏老爺，明人不說暗話。你散布謠言，毀我柳家名聲，費盡心機，讓我姊弟認祖歸宗是假，想奪我柳家的生意是真吧？我怎麼聽說，怡王府最近開銷有點大，想必夏老爺需要上繳的銀錢數額不是一般的大吧？」柳葉有些不耐煩了，直接點出夏玉郎的心思。

「休得胡說！怡王爺也是妳能隨意議論的？」夏玉郎有些惱羞成怒，自己費了那麼多口舌，竟是白白浪費了。

「夏老爺，你的來意，我們都知道了。只是兩個孩子是我的命根子，絕不可能讓他們離開我的。夏老爺請回吧。」柳氏看了夏玉郎一眼，面無表情地下逐客令。

「柳氏，妳不能這麼自私，棄兩個孩子的前程不顧。孩子是我夏家的種，必須認祖歸宗。」夏玉郎也不再虛偽，態度強硬起來。

柳氏都要氣笑了。「我自私？我要是答應讓兩個孩子回夏府，那才是真的害了兩個孩子。進了夏府，還不是任由你們搓圓捏扁？等你掌握了葉兒的生意，兩個孩子還有好日子過嗎？」

第九十五章　回鄉過年

夏玉郎一滯，正要開口辯駁，柳氏又一次下了逐客令。「夏老爺就別費口舌了，日後也不用再來了，柳家不歡迎你。」

「妳……柳三娘，妳好得很。時日還長，咱們走著瞧！」夏玉郎徹底不顧臉面了，放了狠話。

「來人，把這惡賊打出去，不許他再靠近柳府門牆，來一次，打一次！」柳氏也怒了。她雖性子懦弱，但不表示她沒有底線，兩個孩子就是她的底線。為了孩子，讓她做什麼都可以。

夏玉郎被柳府用棍棒趕出府門的事，很快就傳遍了京城，坊間關於柳、夏兩家恩怨的流言就更加火熱了。

是夜，柳府母子三人聚在一起說話。

「娘、姊，夫子說明年有院試，讓我下場試試。夏家大郎不是十二歲中了秀才嗎？明年我定要中個秀才回來，給娘和姊姊爭臉。」柳晟睿無比堅定地說道。

「睿哥兒，夫子真的讓你下場了？你可不要為了爭那沒必要的閒氣，拿自己的前途開玩笑。」柳氏擔心兒子想偏了，說教道。

「娘，我們睿哥兒這麼聰明，肯定是知道輕重。再說了，下場試試又有何妨？睿哥兒還小呢，即使不中也沒關係，就當是累積經驗。」柳葉倒是很支持柳晟睿下場試試。

「我肯定會中的，阿姊放心好了。」柳晟睿小大人似地保證道。

「嗯，阿姊相信，我們家睿哥兒是最棒的。」柳葉笑著捏了捏柳晟睿的臉。

「不准捏臉，我不是小孩子了。」柳晟睿一下拍掉柳葉的魔爪，轉身問柳氏。「娘，夫子讓我問問，我的戶籍在哪兒，考試是要到戶籍地考的。」

「哎呀，咱家的戶籍還在青州呢！這可如何是好？考試是什麼時候？現在回去還來得及嗎？」柳氏一聽柳晟睿的話就急了，京都離青州可不近。

「童生試分縣試、府試和院試，縣試一般在每年二月舉行，具體時間每個縣都不一樣。若睿哥兒真要參加科考，我們現在就要準備出發了，光路上就要走一個多月呢。」因為有個讀書的弟弟，關於科舉的相關事項，柳葉還是打聽了一些的。

「現在就走？葉兒，妳的……生意不會有什麼問題吧？」柳氏本來想問夏家的事，她打算怎麼處理，想了想，還是換了個方式問。

「沒事，外面的事我都會安排好，娘這幾天就慢慢收拾起來吧。現在才十一月初，我們抓緊點，回雙福村過年去。」

柳葉想了想，正好趁著這事，暫時離開京城一段時間也好。

「好，那咱今年就回雙福村過年去。」

一家人就這麼愉快地定下了行程。

司徒昊知道後，以體察民情為由，也想跟著去雙福村，卻被柳葉嚴詞拒絕了。開玩笑，司徒昊要是也離京，那京師的一大攤子事，誰幫她看著呀？

忙忙碌碌地安排了幾天，柳府一家三口終於在十一月二十出發回青州了。

府裡的事交給了劉福全，桃芝也被留了下來。重要的事柳葉都已經安排好了，可也要有個臨陣指揮的人，而桃芝熟知柳葉的各項安排，是最合適不過的人選。

皇帝聽到柳葉離京的消息，特意叫了司徒昊進宮問情況。

「聽說你那小丫頭離京跑路了？敢情她就只是把她那不像話的親爹趕出家門就完事了？滿京城亂傳的流言蜚語，她就不管不顧了？」

「您這又是聽誰胡說的呢？」司徒昊一臉認真地道：「葉兒這是陪著睿哥兒回鄉考試去了。」

「睿哥兒？是慧敏那個弟弟？這年紀，是該下場累積考試經驗了。」老皇帝想了想，才記起司徒昊口中的睿哥兒是誰。「可她也不能就這麼丟下京中的事不管了啊，她要是遇事只知道逃避，那還談什麼入主順王府？」

「父皇，葉兒自有安排，您就等著看好了。」

「等著看？行，那朕就等著看了。」老皇帝說著，不再理會，跳過了這個話題，招呼道：「來來來，今日得空，你我父子好好下一盤。」
「是。」
京中，因為柳府合府出京的事，也驚起了不小的浪花，眾人紛紛猜測柳家是不是頂不住壓力，臨陣脫逃了。
「哎，你們聽說了沒？柳府全家出京了，這是被趕出京師了？」
「你知道什麼呀！柳家這次回鄉，據說是他家的小公子要回鄉考試，才十歲就要考秀才，真是了不起。」
「過完年就十一了，也就一般般啦！」
「你十一歲的時候在幹麼？怕是還穿著開襠褲摳鼻子玩吧？哈哈！」
「我啊，啥都不關心，我只擔心柳家這麼一走，這香水還有地方買不？」這位愛美人士說出了所有女子的心聲。
「應該還有吧？卿本佳人沒有關門啊！」
確實還有香水賣，而且卿本佳人門口又貼出了告示：十二月一日，卿本佳人本年度最後一次香水開賣。而且為了慶祝即將到來的新年，這次開賣，不但原有的三種香水數量翻倍，還另外推出三種新品——鈴蘭、晚香玉、薰衣草。每種十瓶，每瓶售價一百五十兩。
這次的漲價，沒有一人提出異議，都默默地掏出錢包，唯恐遲了一步就沒有了。開玩笑，臨近過年，送禮、自用那都是特有面子的事。

不但卿本佳人有大動作，甜品屋和如意坊也都相繼掛出促銷活動的告示。尤其是甜品屋，竟舉辦抽獎，而且打出了過年不打烊的公告。年節期間，不管是外賣訂單還是到店消費，滿十兩送抽獎券一張，正月十五當眾開獎，而一等獎的獎品就是卿本佳人最新鈴蘭香水一瓶。

這下可好，告示才掛出去一天，活動期間內的訂單量就超過負荷了。好在早有準備，桃芝按照柳葉離京前的吩咐，不但從府中調派人手，還拋出年節期間，甜品屋全員工資翻倍的獎勵。

第九十六章　後續佈置

就在柳家大賺特賺的時候，夏玉郎卻在遭受怡王的口水轟炸。

怡王那個氣啊！快過年了，自己收的孝敬確實不少，可打賞出去的更多。自己捉襟見肘，而珞王他們光香水一樣，就有萬兩銀子進帳，能不氣嗎？

其實是怡王想岔了。柳葉的生意，大頭是她自己的，小頭是皇家的，至於珞王、順王、藍府這些人，也就能喝到口湯罷了。可長年把那兩個兄弟當競爭對手的怡王看不到這個事實，只把自己氣得肝痛。

「那不是你女兒嗎？你不是她的親生父親嗎？怎麼折騰了這麼久，一點進展都沒有，人還給跑了。你說，你是不是故意的？」

「王爺冤枉啊！」夏玉郎撲通一聲就跪了下去。「我本想讓那丫頭認祖歸宗的，進了夏府，她那些生意還不都得交出來？可柳葉那臭丫頭死扛著，我總不好明搶吧？」

「不明搶，你可以暗奪啊！」裕王司徒璟在旁邊蠱惑。「你就是手段不夠狠辣，對付那種不識好歹的人，那些陰招、損招儘管使，有我和怡王殿下在，你有什麼好顧慮的？」

「是、是，小人一定盡快搞定。」夏玉郎唯唯諾諾地應著。心裡卻不以為然，真要是聽了裕王的，陰謀一旦敗露，他就是第一個出賣自己的人，絕對會把自己推出去頂缸的。

「去吧，好好做事。另外，記得這幾天再送些銀票過來。」怡王一揮手，打發了夏玉郎。

這邊，夏玉郎焦頭爛額地想計策，那邊市面上卻連著出了好幾本圖畫書。這些圖畫書的中心思想就只有一個——孝。什麼癡兒知孝、兄弟孝母、辭官養母，全部故事都有一個共通點，那就是孝順的對象通通是母親。

柳府還以弘揚孝道為名，免費派發一千本圖畫書。沒人敢說柳府沽名釣譽，因為只要你敢這麼說，就會有無數清流跳出來指責你不重孝道。連皇后娘娘都說，柳家此舉，不但弘揚孝道，還教育了下一代，意義非凡。

本就因柳家合府出京的事而有些「歪樓」的流言，在柳葉安排的人適時引導下，更是歪到七舅姥爺家門口去了。如今話題的中心，已經不是柳氏阻擋柳葉姊弟認祖歸宗，而是柳葉姊弟侍母純孝，為了母親，甘願放棄官家出身。

沒有人會說柳家姊弟不孝順父親，畢竟夏家的門第可比柳氏強多了，而且夏玉郎妻妾成群、兒女雙全，柳氏卻只有柳葉姊弟兩個親人。再把柳氏這些年受的苦渲染一番，柳氏就成了那個堅忍不拔、為母則剛的奇女子。

夏玉郎聽到下人的回報，氣得一口氣差點沒上來。他剛準備用孝道逼迫柳葉姊弟不得不回歸夏家，人家已經先一步成了至孝之人，連先前對柳氏的那些構陷都成了無用功。

沒了輿論壓力，夏玉郎本就是理虧的一方，更加沒法子逼柳葉就範了。

既然如此，那就不妨接受裕王的建議，有些陰謀詭計也不得不使了。柳葉不在京城，那就先從香水作坊下手吧！

想到這裡，夏玉郎趕緊喚人來，暗自打聽香水作坊的地址。

夏玉郎剛定了計，鬆口氣，怡王又把他召去，又是好一頓口水轟炸。

原來，耽擱許久、被派去蒼雲邊境的商隊回來了，不但帶回大批貴重物品和果乾，還帶回了好幾車的新鮮水果，像是香蕉、芒果、鳳梨，都是只有宮中才能偶然見到的貢品。

怡王派了不少人出去，只打聽到一個消息，那就是運輸水果的方法是柳葉提供的。至於具體是怎麼做的，完全打聽不到，因為商隊裡從管事到車夫，全是順王府的家奴。

商隊的事是柳葉沒料到的，最後一次收到商隊那邊的信件，說是遇到突發事件，要到來年才能回京。正在趕路的柳葉，根本不知道她的水果運輸計劃已經成功了。

好在當初柳葉跟司徒昊詳細講述過這水果的事。司徒昊親自上陣，挑選了一部分，連帶著保存和催熟的法子一起送進宮。催熟的法子，被皇后鎖進自己的妝匣裡。來年的水果生意，肯定會為皇家帶來一筆不小的收入。

其餘的水果，一部分送去了雙福村，一部分用禮盒裝好，在司徒昊的授意下，桃芝一家一家地上門，給京中權貴送去做年禮。

每家一串香蕉、兩個芒果、兩個鳳梨。東西不多，卻讓各家都捨不得拒絕。這收了人家的禮，總該回禮吧？一來二去的，兩家也就漸漸熟悉起來了。相交的家族多了，柳葉在京城不再是孤門獨戶，影響力也漸漸大了起來。當然，這是後話。而今才得了一次禮，也只能算是剛開始接觸罷了。

另一頭，夏玉郎終於打探到香水作坊的地址，竟然就在柳府內。作坊裡的人，合家都是柳府的下人，即使一輩子不出府門，也是吃穿不愁。想要塞人進去或是收買人，難度不是一般的大。

夏玉郎想到了「偷」，不管是偷方子、偷看或偷個人回來都行。可連著幾晚派人出去，沒一個回來的，真正的生不見人，死不見屍。

夏玉郎哪裡知道，柳府雖然沒有主人在家，但府中的防備不但沒減弱，反而更加堅固。柳葉早猜到有人會打香水作坊的主意，拿著紅玉珮就去找玄一。如今的柳府成了順王府暗衛訓練營的實習地，來柳府夜探情報的不軌人士，全成了那幫新手的練習對象。

第九十七章　王府侍妾

京中真是時時刻刻都不乏新鮮事，眾人還在回味柳府水果的美味，夏家又出事了。夏新柔，那個美豔動人的夏家嫡女，被珞王看中，一頂小轎抬進了珞王府，成了五品的侍妾。

原來，當初柳葉派去打探夏家情報的人中，有人夜探夏府，恰巧聽到了夏新柔身負貴命的事，柳葉就無良地把這個消息，透露給珞王殿下知道。

於是，從夏新柔透過怡王妃的關係，名字出現在皇家冬狩隨行名單中開始，夏新柔就掉進了珞王為她精心設計好的陷阱裡。

到了皇家獵場的夏新柔，四處打探司徒昊的行蹤。沒錯，她就是衝著司徒昊來的。雖然夏玉郎和姜氏都想把她塞進怡王府，可懷春少女總是憧憬自己能嫁個英俊瀟灑的如意郎君。司徒昊那樣的人品，就是眾多女子的最佳人選。而怡王已近中年，跟年輕帥氣的司徒昊當然沒法比。

而珞王就是在給夏新柔的消息中做了手腳。

當夏新柔還在憧憬著一朝獲寵、入主順王府時，完全沒有意識到，她所進入的那個帳篷，會是比怡王還大了幾歲的珞王的帳篷。

之後的事就不用說了，夏新柔委委屈屈地被一頂小轎抬進了珞王府。雖說有個五品的名分，但是沒有哪個權貴會在意一個王府妾室的，除非能盛寵不衰，一直往上爬，做了側妃或正妃，進了皇家玉牒，那些貴婦們才會正式接納妳成為她們當中的一員。

好在珞王府後院人口簡單，夏新柔又是個千嬌百媚的少女，想要往上爬，也不是不可能的。

夏玉郎真是啞巴吃黃連，有苦說不出啊！在外人眼裡千好萬好的事，落在他身上真是連死的心都有了。他是怡王府的人，一個女兒跟順王不清不楚的，雖然這個女兒不在族譜上，可自己是她親生父親的事實是改變不了的。這本就惹了怡王不快，現在自己的嫡女還嫁進了珞王府，這讓自己如何向怡王解釋？京中權貴又會如何看待夏家？

估計這會兒外面那些人都在嘲笑自己吧？區區捐官出身，卻是一腳踏三船，怡王、珞王、順王，三位最有影響力的王爺都讓他夏家給攀上了，那是何等的通天之能？看來自己牆頭草的名頭怕是要當定了。

如今，自己還得挖空心思應付怡王的責問。

萬般無奈，夏玉郎只得胡謅，為了自己出賣女兒，在怡王面前謊稱把女兒塞進珞王府是他的計策，為的是讓夏新柔獲取珞王信任，進而套取情報，為怡王府通風報信。

夏玉郎編得那叫一個聲情並茂，把自己描繪成一個為了主上不惜犧牲家人的忠貞之士，才暫時得以洗脫自己的嫌疑。

至於這番話若是傳到珞王府裡，夏新柔的處境會如何，夏玉郎已經沒精力去理會了。

此時，身在皇宮的皇帝陛下正在聽宦官匯報京中的情況，主要是柳府的動靜。一開始還邊聽邊點頭，聽到後來發現不對勁，不由得問道：「不是說不許順王插手嗎？慧敏那丫頭，哪裡來這麼多的人手？」

「回陛下，慧敏鄉君手上好像有個東西，能調派順王府的勢力。」

「什麼？順王還敢陽奉陰違了？去，把那小子給朕找來。」

「陛下，據奴才打探來的消息，那東西是個玉珮，早幾年就在慧敏鄉君手上了。順王爺這次是真的沒出面。」

「玉珮？難道是……」皇帝想到了什麼，氣得猛拍桌子。「把那臭小子給我找來，竟敢把紅玉珮隨便給人，看我不收拾了他！」氣得連朕的自稱都忘了。

可是，當李公公奉上切成片的芒果、鳳梨時，皇帝一邊吃著水果，一邊說道：「嗯，這鳳梨不錯，看樣子把紅玉珮給慧敏那丫頭也是有好處的。」

李公公只能假裝失聰，完全不敢搭話。

一路奔波，終於在十二月二十那天回到了雙福村柳家。

早有下人快馬加鞭去報信，所以這會兒柳家上下都打掃得乾乾淨淨，地龍也早就燒上了，熱水、茶點、飯食都已準備妥當。

田莊、果園裡的長工們在趙、李兩位管事的帶領下，前來拜見主家。柳葉自然不會小氣，每人賞了一兩銀子，眾長工千恩萬謝地回家過年去了。

兩位管事原本都住在柳家的倒座房裡，順帶照看宅院，現在主人回來了，還帶了不少侍衛、下人，柳宅這個二進的院子就有些不夠住了。

兩位管事也有眼力見兒，主動搬出柳宅，帶著家人搬到長工們的住處。還好是在年下，長工們都是簽活契，這會兒都放假歸家去了。

柳氏與柳葉住正房，柳晟睿帶著自己的丫鬟、小廝住東廂。其他的，男的住倒座房，女的住西廂房，總算全部安排妥當。

柳葉也顧不得大冬天的是否適合動土，打算在柳宅後院加蓋一排後罩房，再把原先一排三間的長工房圍成院子，多蓋幾間屋子。

第九十八章　柳晟睿下場

現在是年節，人手不夠，就讓侍衛們頂上。還好，能做侍衛的，不單單只有一股蠻力，頭腦也不錯，在幾個泥瓦匠老師傅的帶領下，做得還是有模有樣。

等到過了正月十五，長工們陸陸續續加入建築大軍後，蓋房的進度也加快不少。終於在一月末，柳葉帶著幾個丫鬟搬去了新建的後罩房。侍衛們大部分搬去了新建的院子裡，不用再人擠人，同樣是四人一間，竟比在京城的通鋪大炕還要寬敞些。

柳葉回鄉，所激起的漣漪自然不僅僅是柳宅不夠住人那麼簡單。整個一月，柳葉都在拜訪和被拜訪中度過。

清河柳家還有個柳老爺在，再厭惡柳懷孝一家，也必須要去拜年。柳懷仁家、趙六家、春花姊、謝府，這些交好的人家也不能不去。還有州府和清河縣的官家鄉紳，有些是需要自己主動上門，有些則是對方前來拜訪，不好不見。

忙忙碌碌中，就到了柳晟睿下場的日子。

第一場縣試由清河縣知縣主持，連考五場。期間考生一切吃喝拉撒都只能在考場中解決。

柳氏生怕柳晟睿堅持不住，恨不得把整個家都搬去考場。柳葉稍微理智些，剔除了一些不需要的，又換掉一些用具，有夾層的衣服不要，換成裘衣；有字的筆墨硯臺通通換掉……只要是會引起誤會，讓人以為有夾帶、作弊可能性的東西，通通換掉。

待收拾好，柳晟睿都要哭了。那麼多東西，他根本拎不動！

最後還是趕過來的司徒昊解救了他，拿掉大部分東西，只留下一些必需品，讓柳晟睿輕裝上陣。

沒錯，司徒昊這傢伙，還沒等過完元宵節，就匆匆追著心上人的腳步，趕來了雙福村。就為這事，春花還把柳葉好生取笑了一回。

縣試毫無懸念地過了關，接下來就是四月的府試。府試由青州知府主持，連考三場。有了縣試的經驗，這次柳家人雖然依舊緊張，卻已不再慌亂。

而柳懷孝聽說順王爺又來了柳家，緊趕慢趕著就登門來了，找了個指導柳晟睿在考場的注意事項的名頭，實則就是想攀附司徒昊。司徒昊沒理他，輕風就提著柳懷孝的衣領，把他丟出了柳宅大門。

趙家、小舅家、謝家，連遠在外地的大姨家都派了人過來，一來恭賀柳晟睿通過縣試，二來預祝他府試也能順利過關。大姨家的雙胞胎表哥，前年雙雙中了秀才，這次也託人帶來親筆書信，厚厚幾頁寫的都是考場上的注意事項。

考完府試，柳晟睿跟個沒事人似的，柳氏幾次想開口問，都怕兒子沒考好，自己問了反倒鬧心，生生忍了下來。

如此過了幾天，報喜的衙役就上了門，一家人熱熱鬧鬧地吃了頓好的，柳晟睿就把自己關在房間裡備考院試。

讓柳葉沒想到的是，柳老爺帶著柳承宗親自上門了。親姥爺上門，柳葉即使是鄉君也不敢托大，急急地迎了出來。

柳老爺這次來倒還真是好事。雖說話裡話外的想要拜見順王殿下，可也沒有什麼過分的言語，還帶來青州這些年來院試的考題卷軸。雖然柳承宗幾年前就考取了童生，卻遲遲過不了院試，到現在也還只是童生。柳老爺對科考之事甚是上心，對於這些年青州府的考題走向和考試要點一一做了分析。

對此，柳葉還是很感激的。分析考題這種事，肯定沒有柳老爺來得老到精闢。

至於大表哥柳承宗，柳葉都不知道該怎麼說了。自從跟吳氏和離後，張氏口中的施家姑娘也沒了下文。父親坐過牢、母親是個眼高於頂的，柳承宗的科考又一直沒長進，就這麼高不成低不就的，竟是一直未娶，只有養了個丫頭在身邊。

司徒昊卻是等不到柳晟睿參加完院試就回京了，畢竟京中還有一大堆事要處理。

柳葉也專心安排起家中的各項收支，趁著手頭有些餘錢，又買進兩個田莊、幾間鋪子，莊子交給李有為統管，鋪子直接託給柳懷仁，又在府城買了個中等的院子，安排了一戶人家照看宅院。

忙忙碌碌間，眼看著離院試的日子越來越近，柳氏特意去了趟清河柳家，詢問柳承宗的考程安排。這次，柳承宗也是要下場的。

提前十天，一家人帶著柳承宗和柳老爺一起，早早住進了府城新買的宅子裡。柳懷孝和張氏也要跟著，可柳氏實在厭煩了張氏的為人，不想讓這兩人同行。柳老爺看出端倪，替柳氏給拒絕了。

柳葉聽柳氏回來說起，還驚訝了一回。「咱姥爺這是改了性子了？不但來給睿哥兒分析題目，這次竟然還站在娘這邊，幫娘說起好話來了？」

「聽妳小舅說，妳姥爺這兩年過得並不舒心。或許是經歷得多了，有些想法也慢慢改變了吧！」

終於到了柳晟睿進場的日子，柳氏又開始一個時辰、一個時辰地數著過日子。等到柳晟睿考完歸家，柳家人反倒什麼都不問了，準備湯浴和飯食，還帶著柳晟睿滿府城的逛街。

直到放榜之日，一家人早早收拾妥當，來到貢院門口等待。

貼榜牆前早已人山人海，柳葉、柳晟睿、柳承宗在下人們的幫助下，好不容易才擠開人群，來到前頭。

幾人分工合作，從榜單的兩頭往中間尋找。

「中了、中了！」尋梅第一個喊了出來。「哥兒中了！」

柳葉匆匆趕過來一看，柳晟睿的名字高掛第一名。

第九十九章 回京

「哇，睿哥兒，你這是小宇宙爆發了？縣試、府試成績平平，到了最後的院試，竟然得了個案首！」柳葉抓著柳晟睿，上上下下地打量，一副不敢置信的模樣。

「嘿嘿！」柳晟睿也沒想到自己會有這樣的好成績。

這會兒，周圍的人群看到這邊有人考中了，紛紛過來恭賀。柳葉幾人一邊回禮，一邊在下人的幫助下擠出人群，回到馬車上。

「怎麼樣？怎麼樣？」柳氏見兩姊弟回來，趕緊問道。

「嘿嘿，咱睿哥兒可厲害了，高中第一名，是咱青州府的案首呢！」柳葉滿臉驕傲。

「真的？」柳氏一驚，拉過柳晟睿的手，囁嚅著不知道該說些什麼。

「嘿嘿，運氣好罷了。娘，您不知道，今年的考題，有一題正好是姥爺跟我講過的，我正好記住了。」柳晟睿到現在才算真正放開了，恢復十一歲的孩子該有的活潑。前幾天雖然跟著柳葉滿大街亂逛，其實心裡還是有壓力的，擔心自己考砸了，讓家人失望。

「運氣也是實力的一部分。雖然題目剛好是姥爺跟你講解過的，可也要你能理解並記住才行。」柳葉笑著拍拍柳晟睿的肩膀。

「對，你姊說得有道理，說到底，還是你自己用功，才能有這次的好成績。」柳氏連連點頭。「不過，還是要多謝你姥爺，等回到雙福村，記得多帶些東西去看看你姥爺。」
頓了頓，柳氏突然想起什麼來，問道：「對了，承宗呢？看到你表哥的名字沒？」
「哎呀，我忘了。」柳葉趕緊掀開車簾。「尋梅，叫上幾個人，去找找承宗表哥，順便幫忙看看考中沒。」
等了大概一盞茶的時間，柳承宗才垂頭喪氣地回來。柳葉朝尋梅看過去，尋梅輕輕搖了搖頭，意思是又沒考中。
「沒事的，宗哥兒，今年不行，明年再考就是了。」柳氏安慰著，一家人心情不一地打道回府。
柳老爺聽說柳晟睿高中案首，著實高興了一場，待聽說柳承宗又沒考中後，臉上的笑就有些勉強了。待再看到柳府賓客盈門，連知府大人都親自前來恭賀，想著外孫小小年紀就是院試案首，而自己的孫子都二十多了，還是個童生，兩廂一比較，柳老爺更加心灰意冷。
回到雙福村，又是一番熱鬧，柳宅才漸漸安靜下來，柳葉也開始打算起回京事宜。
安排好田莊、辦理戶籍遷移文書……就在柳氏忙著收拾箱籠時，柳元娘一家到了雙福村柳宅。
柳氏大喜過望，丟下滿屋子的箱籠就跑出去迎接。
「大姊、大姊夫！幾位哥兒、姊兒都來了？快，快進屋坐！」
眾人進屋，一看滿屋的丫鬟正在收拾東西，柳元娘連連慶幸。「還好趕上了。都怪你，我都說早點啟程了，偏你不放心這、不放心那的，這次要是真來遲了，沒能見到我家妹子，看我怎麼收拾你！」說著還狠狠瞪了南宮姨夫一眼。

「妳就欺負姊夫老實，都是當婆婆的人了，這脾氣反倒越來越跳脫了。」柳氏很高興，竟難得地取笑起自家大姊來。

「哎呀，說起這個，去年妳兩個外甥完婚，妳這個當姨的沒能到場，還真是遺憾呢。」說著，指了人群中兩個小媳婦上前來，介紹道：「這是淩哥兒的媳婦錢氏，這是杰哥兒家的孫氏。」

兩個小媳婦連忙上前行禮。「姨母萬安。」

「好好好，都是好孩子。」柳氏說著，從大丫鬟七彩手裡接過兩個錦盒，遞給孫、錢兩人。「這是給妳們倆的見面禮，拿著把玩吧。」

「謝謝姨母。」兩人接過錦盒，就回到自家夫婿身邊，一副乖巧模樣。

之後柳氏姊妹倆互道了分別後的生活，講到高興處，大家一起開懷大笑；講到傷心事，又不免跟著唏噓感嘆一番。

講到後來，柳氏說道：「這次來了，不如跟我們一起上京城去瞧瞧？」

「對啊、對啊，一起上京吧。若是可以，兩位表哥還可以在京師讀書，京師的好學堂可比我們這鄉下地方多多了。」

「這……不太好吧？家中還有一大堆事呢。」柳元娘有些猶豫不決。

「去吧，你們都去，家裡有我呢。兩個哥兒若是能進京師的學堂讀書，那自是最好，若是不行，就是去長長見識也是好的。」南宮姨夫又開口了，極力贊成柳元娘帶著幾個孩子去京師。

「那……我們也上京去耍耍？」柳元娘看了一圈，幾個孩子都是一臉期待，繼續說道：「那就上京耍耍去。只是要偏勞三娘了。」

「大姊說的什麼話，我求還求不來呢！」

如此一來，啟程的時日就得往後延一些了。

南宮姨夫帶著兩個兒子快馬加鞭回了家，不到一個月，就拉著一大堆東西回來了，還塞給柳元娘一疊銀票，讓她缺什麼就買。南宮家本就有些家底，這兩年又是種地、又是開鋪子，還跟著柳家種南瓜、番薯，現今也算得上是一方富戶了。

就在眾人準備啟程時，柳老爺帶著柳承宗來了。七扯八扯了半天，柳老爺才提出今日來的目的，竟是想讓柳氏帶上柳承宗一起回京。

「這……」柳氏自是不肯。

「唉，我知道，前些年妳跟承宗他娘有些不愉快，可是一家人哪有隔夜仇，何況都過了這麼多年了。」柳老爺嘆著氣，滿臉悽苦。「承宗這孩子，都已經二十多了，到現在還是一事無成，好好的媳婦也被他娘給折騰沒了。我想著讓他出去長長見識，經歷的事情多了，總會有些長進的。」

第一百章　半路遇襲

「姥爺，只是讓承宗表哥出去長長見識？」柳葉問道。

「咳咳……」柳老爺輕咳了幾聲，才說道：「若是能給他尋個好學堂，好好學上幾年，那自是最好不過。」

「若是不能呢？」柳葉追問。

「這……若是不能，尋個差事也是好的。」柳老爺繼續道。

「承宗表哥自己是怎麼想的？」柳葉轉頭去問柳承宗。

「我……我自是想好好讀書，考取功名的。」柳承宗一臉堅定之色。「妳玲玉表姊在夫家過得並不如意，那家人都看不起她，我若是能考取功名，妹妹也能少受些罪。」

「唉，承宗雖說連考不中，資質或許是欠缺了些，可這心地還是不壞的，每每都想著家裡，是個重情義的好孩子。」柳老爺對柳承宗的這番話很是滿意。

柳葉卻嗤之以鼻。她可還記得，這位承宗表哥年紀輕輕喝花酒、打架的事呢，自己的媳婦吳氏被老娘欺負得沒了人形，他也是不聞不問的。俗話說得好，江山易改，本性難移，她可不相信這位表哥會是個重情重義的好人。

「好吧，既然爹都這麼說了，那就讓承宗跟著我們一起進京吧！」柳氏想著，大姊一家也要一起進京，這自家老爹都開口了，自己若真的拒絕了柳承宗也說不過去。

「姥爺不如也跟我們一起進京去耍耍吧？」柳葉倒不是多孝順這個姥爺，只是想柳承宗若是進了京，他們這些人畢竟隔了一層，打不得、罵不得，如何能管束得住？如果有柳老爺跟著那就不一樣了，管束的人有了，自家的責任也會輕很多。

自此，回京的隊伍又多了兩人，一行人浩浩蕩蕩地出發了。

此時，京城夏家，夏玉郎得到柳晟睿考取秀才的消息後，又動了要認回柳晟睿的念頭。十一歲的秀才或許不算稀奇，可十一歲的案首，滿天宇朝上上下下數一遍，也只有寥寥幾位而已。若是柳晟睿認祖歸宗，那夏家的輝煌就指日可待了。

有人歡喜，自然有人愁，姜氏就是發愁的那一個。

先前她贊同柳葉姊弟回歸夏家，那是她清楚地知道，夏玉郎是衝著柳家的生意去的，柳家姊弟即便回來夏家，那也是沒什麼好果子吃的。

可現在不一樣了，柳晟睿那個賤種竟然也是秀才了，考中的年紀比自己兒子還小了一歲，而且還是個案首。這若是回了夏府，柳氏那個賤人手段再高明些，自己和兒子哪裡還有好日子過？這讓她如何能忍？

她匆匆喚來孫嬤嬤。「明日讓妳家那位進府一趟，我有事吩咐他去做。」

「大娘子有何吩咐，讓奴婢傳個話就是了。」孫嬤嬤道。

「不行，這事我得親自吩咐他去做，明日來的時候，讓他避著些人，他進府的事，越少人知道越好。」

「大娘子這是要？」

「柳氏那賤人的兒子竟然中了秀才，女兒還是鄉君，我看老爺現在是鐵了心要認回那兩個賤種了，這事我們不能坐以待斃，只能先下手為強。」姜氏說著，一臉陰狠之色。

「是，奴婢知道了，必定囑咐家裡的小心辦事。」

不說姜氏如何安排，柳葉這邊且行且歇，再過幾日就能到達四方鎮了。柳葉早與司徒昊約好在四方鎮會合。

由於一路走的都是官道，除了天氣越來越冷外，一路行來還算平安順遂。偏偏今日卻是倒了楣，半路上其中一輛馬車的車軸竟然壞了，隊伍只得暫停前進，安排人趕緊修車。

柳葉看著時近中午，索性讓人生火煮飯。只可惜這裡前不著村、後不著店，連間破廟都沒。

一眾女眷躲在車廂裡，看著幾個小子在外面打雪仗。南宮玉早就坐不住了，嚷嚷著就下了車。柳葉緊了緊身上的披風，繼續窩在車廂裡不動彈。開玩笑，車裡有炭盆，紅泥小爐上有茶水，她才不想下去挨凍呢。一會兒飯菜好了，自會有人送過來。

突然，「嗖」的一聲破空聲響起，接著不知是誰大喊一聲「小心」，然後就是一連串的驚聲尖叫。

柳葉「唰」地一把拉開車簾出來，只見前方一隊十來人的隊伍，黑衣黑衫、黑巾蒙面，一個個施展輕功就往他們這邊衝來，一看就是來者不善，好在侍衛頭領已經指揮眾侍衛迎了上去。

車隊這邊，這會兒就看出各人的不同來。經過短暫的驚慌後，順王府出來的幾個大丫鬟最先鎮定下來，第一時間圍在自家主子身邊護衛著。其他就經驗不足了，找人的、躲避的，再加上此起彼伏的尖叫聲，完全亂成了一鍋粥。

幾位在外頭玩雪的，動作最快的是柳晟睿，已經在秋霜、冬雪的護衛下回到柳氏身邊。雙胞胎表哥雖然害怕，卻還記掛著自家妹子，踉踉蹌蹌地跑向南宮玉所在的方向。至於柳承宗，已經嚇得一屁股坐在雪地上，看樣子是腿軟得走不動了。

「快，你們幾個，去把幾位少爺、小姐接回馬車上！」柳葉立在馬車上指揮眾人。「不用管拉東西的大車，所有人，會騎馬的騎馬，不會騎馬的，都到各個馬車上去，車夫們都分開來，保證每輛馬車上至少有兩個會駕車的。萬一侍衛們不敵，大家棄了財物，逃命要緊。」

「嗖」的一聲，一枝箭矢直直衝著柳葉的面門飛了過來。看到這一幕的柳氏，眼睛瞪得老大，張大著嘴巴，卻是連一個字都發不出來。

「阿姊！」柳晟睿大叫一聲就撲了過來，奈何距離遠，他又撲得急，竟是直挺挺撲倒在雪地裡，滿臉淚水。

第一百零一章 化險為夷

尋梅、問雪兩個丫頭已經擋在柳葉身前，企圖以身擋箭。兩個丫頭雖然有些武功底子，但這箭矢來得又快又急，她們的第一反應就是拿身子去擋。

「啪」的一聲，箭矢應聲落地，有人比她們更快，匕首橫出，生生挑落了疾飛而來的箭矢。卻是通身雪白的玄十一出現在柳葉面前。

再一看，另一名白衣漢子已經衝進賊人陣中，與人廝殺起來。正是柳葉的另一位暗衛，玄六。

看到這兩人，柳葉的心又安定了幾分。

「姊！」看到柳葉脫險的柳晟睿一邊抹淚，一邊往這邊跑，後面跟著步履蹣跚的柳氏。

柳葉對尋梅、問雪說道：「我這裡有十一在，不會有事的，妳們兩個去那邊把主母和睿哥兒接過來。」

「是。」兩個丫頭應聲而去。

很快的，幾人來到車前，柳葉跳下車來，剛剛經過驚嚇的柳氏和柳晟睿抱住柳葉就是一陣號哭。

這時，柳元娘也在丫鬟的攙扶下，跌跌撞撞地來到柳葉馬車前討主意。「葉兒，這可怎麼辦啊？這都是些什麼人啊？我們不會有事吧？」

「沒事的，我的這些侍衛都是順王府出來的，個個都是好手，何況我們的人數還比那些賊人多。」柳葉安慰著柳元娘。「不過以防萬一，大姨還是回馬車上去吧，萬一真有不敵，也好第一時間離開。」

「好、好，我聽妳的，這就回車上去。」

看著柳元娘離開，柳葉又對柳氏道：「娘，您帶著睿哥兒也回車上去吧，我這輛車太顯眼了。我讓尋梅跟著你們，她有武功在身。」

柳葉可不敢讓柳氏兩人跟自己待在一起，自己剛才站在馬車上指揮眾人，已經引起賊人的注意，箭矢都往她身上招呼了，還是分開安全些。

「那……」

「快去吧，我這邊沒事的，有十一和問雪在呢。」柳葉催促柳氏。

「好，那妳自己小心，趕緊去車裡躲著。」柳氏說完，帶著柳晟睿上了自己的馬車。她認識玄十一，知道這人身手不凡。自己留在這邊，只會讓保護柳葉的人分心。

就在柳氏把柳晟睿推上馬車、自己也要爬上去的時候，不遠處又有一隊人打馬飛奔而來，一個個嗷嗷叫著就衝進打得正酣的兩方人馬中。

柳氏嚇得一個踉蹌，從車轅上摔了下來，好在尋梅反應快，伸手扶了一把才沒摔出個好歹。

那邊柳葉也是心頭一緊，生怕來的是賊人的援兵。強忍著害怕往交戰地一看，還好，來人中有個認識的，那一桿長槍耍得呼呼作響，不是靖國公府小公子凌羽書又是誰？

只見那人唰唰幾槍挑翻一個賊人，展開輕功，一個箭步就到了柳葉身邊，甩了個漂亮的槍花，把槍桿往雪地裡一戳，抱拳道：「慧敏鄉君受驚了。」一番動作下來，哪裡是個國公府貴公子，活脫脫一江湖游俠的作派。

「今日幸得凌公子相助，慧敏及家人感激不盡。」柳葉真誠地道謝。

「哪裡、哪裡，都是兄弟，路見不平拔刀相助，乃我等好兒郎的英雄本色……」

凌羽書說了一大堆，柳葉是越聽越無語，只能暗翻白眼，臉上卻還要保持微笑，假裝一副認真聽人說話的模樣。

「不知凌公子為何會出現在此？」

凌羽書還在喋喋不休地講著他的俠義精神，柳葉實在忍不住了，出言打斷他。

「喔，我去我外祖家，正要回京呢，沒想到就遇到鄉君了，妳我還真是有緣。」

「公子不必如此客氣，喚我柳姑娘就行。遭遇賊人還能得凌公子相助，此次必能化險為夷。」

「哈哈，柳家妹妹就是爽快，對我的胃口。柳妹妹……」

柳葉抹額。這人……真是給點陽光就燦爛啊，自己直接升級為他的妹妹了。

有了凌羽書帶來的護衛加入，戰局很快出現一面倒的局面。不過那些賊人也是勇猛，竟沒有一人退縮，生生地戰到最後一人倒地才算結束。

眾人又都忙碌起來，傷者要包紮、屍體要掩埋，貨車上解下來準備逃命的馬匹要歸位……凌羽書又跑侍衛堆裡去，而柳葉也一輛馬車、一輛馬車地看過去，安慰著受驚的家人。

侍衛頭領跑來彙報，賊人總共十一人，全數滅亡。而柳葉這邊的侍衛三死、五重傷，其他侍衛也都或多或少有些掛彩。

「這幫賊人真夠狠的，以少打多，竟然還被他們弄死了三個護衛，那五個重傷的怕是也危險了。」凌羽書走了過來，上上下下打量柳葉一遍，才湊上前偷偷問道：「柳妹妹，妳是不是得罪了什麼人？我瞧這幫賊人不像是一般的強盜，倒像是專業殺手。」

「啊？」柳葉都懵了，原諒她見識淺薄，殺手這種生物，不是應該存在於小說故事中的嗎？

「嗯，妳看，一般強盜若是看到力有不敵，早就四散逃竄，而這幫人死戰到最後都沒有逃跑。因為身為一個殺手，任務沒完成，即使逃了回去，也是一個死字，而且是悽慘無比地被活生生折磨致死。不過，也有可能是死士，若是死士，柳妹妹，妳得罪的人勢力不小啊！」

凌羽書還在滔滔不絕地闡述著他的觀點，柳葉卻在埋頭苦思。

到底誰會憎惡她至此，竟想要她全家的性命？可想破腦袋，柳葉也想不出誰與她家有如此深仇大恨。

倒不是她沒懷疑過夏家那夥人，可在柳葉的認知裡，耍耍陰謀、下個毒什麼的已是極限，買凶殺人動輒十幾條性命的事，實在是太過凶殘。反正，她是做不出來的。

再說了，不就是生意場上幾千上萬兩銀子的事，用得著要人性命那麼嚴重嗎？況且雇殺手也要花大錢，那不是得不償失嗎？於是，真正的幕後主使者就這麼被柳葉給否定掉了。

第一百零二章　抵達京都

一切收拾妥當，眾人再次上路。

玄十一和玄六兩人也被柳葉留在隊伍中，沒有再讓他們去野外挨餓受凍。先前一是為了安全考慮，二是為了尊重暗衛的職業操守，才沒有堅持讓這兩人隨隊。

可現在既已暴露在人前，也就沒必要再隱藏了。何況現在侍衛裡個個掛彩，這兩個大高手在人前晃一晃，也能讓人安心不少。

至於凌羽書，很自覺地擔負起護花使者的任務，除了睡覺、歇息的時間，其他時候都能看到他在柳葉身邊晃悠。

遇襲後的隔天傍晚，收到消息的司徒昊就急急地趕到他們下榻的客棧。先拉著柳葉上上下下打量個遍，直到確認她確實沒有受傷，才算是安下心來。「還好妳沒事。」

柳葉任由司徒昊拉著她打量，還配合地轉了個圈。「我沒事，連磕都沒磕著一下。你怎麼來了？」

「我應該早點來的，不，我應該直接去雙福村接妳的。」司徒昊想起收到消息時的害怕、緊張，禁不住地後怕。他已經想到了無數可能，並把懷疑的目標鎖定在他那個好哥哥怡王身上。不管是死士還是殺手，自己這個哥哥都有這個能力，也有這個動機。

「沒那麼誇張吧？」柳葉滿心歡喜地享受著司徒昊對她的緊張。

「怎麼沒有，萬一妳要是出了點好歹，妳要我怎麼辦？」

「咳咳！」一陣輕咳聲打斷兩人的你儂我儂，凌羽書沒好氣地說：「我說，順王殿下，這些兒女情長的話，是不是換個場合再說？」

「原來是凌小公子啊。」司徒昊看著凌羽書，以主人家的口氣對他說：「這次多虧凌公子相助，小王感激不盡。」儼然一副自己跟柳葉是一家人的表情。

「本公子救的是柳妹妹一家人，跟順王殿下無關，不需要順王殿下來感謝。」凌羽書從看到司徒昊那刻起就已經很不爽了，這會兒聽了司徒昊的話，直接就懟了回去。

「京中誰人不知，本王與葉兒兩情相悅，葉兒遲早是要入主順王府的。」司徒昊說著，還像宣佈主權似的，一把攬過柳葉的腰。

「賜婚聖旨沒下來，還不能算是一家人。本公子只需要柳妹妹記我的情就可以了。柳妹妹，妳說是不是？」凌羽書瞥了司徒昊一眼，腆著臉往柳葉身邊湊。

「……」柳葉看了看莫名其妙的兩人，訕笑著道：「我、我去看看其他人安頓好了沒。」說完也不看兩人的反應，徑直往客棧後院走去。

「等等我。」司徒昊長腿一跨，跟了上去。

「我也去！」凌羽書也要跟上，被輕風有意無意地一攔一拉，耽擱在了原地。

走出一段距離，柳葉才壓低聲音道：「你們兩個搞什麼鬼？怎麼一見面就互懟上了？」

「沒有啊，有嗎？」司徒昊裝傻。

柳葉停下腳步，無奈地看著司徒昊。

「好吧。」司徒昊敗下陣來，說道：「我只是不喜歡那個凌羽書看妳的眼神罷了，竟然還口口聲聲喊妳柳妹妹，誰允許他這麼叫的？」

「你……不過是個稱呼，凌公子只是有些自來熟罷了，何況他才剛幫助過我們。」

「妳不懂，他分明是對妳有非分之想。」

「啊？哈哈哈哈！」柳葉大笑，對司徒昊說道：「司徒昊，你吃醋的樣子真可愛。」

「……」看著沒心沒肺的柳葉，司徒昊決定不再多說，免得把這丫頭點醒了，那自己不是成了自找麻煩嗎？

又走了兩日，終於在十二月的第一天，一行人抵達京都。

旅途本就勞累，途中又受了驚嚇，一回到府裡鬆懈下來，各人多多少少都出現身體不適的狀況。尤其是柳老爺，竟然發起了燒。

柳葉趕緊拿了帖子，請太醫進府。先給柳老爺把脈看病，在得到柳老爺只是勞累過度、只需開個方子調養幾日便能大好的消息後，眾人都是輕吁了口氣。

既然太醫已經請來了，一事不煩二主，柳葉乾脆讓太醫給剛抵京的幾人都把了脈，求個心安。

忙完這件事，柳葉才開始處理起府裡府外的事務。

首先是帶上文書，去衙門辦理戶籍入戶手續。接著就是探望受傷的侍衛，撫慰已故侍衛的家人。再來就是查看帳簿，安排各店鋪的年終促銷活動，以及送往各府的年禮。年禮一送，大家都知道了柳府小少爺年僅十一歲就考中青州府院試案首，一個個回禮便又重了幾分。又有如藍夫人，直接上門來詢問何時宴請慶祝？

柳葉想想，乾脆給有來往的各府發了帖子，選了過年前一天，熱熱鬧鬧地辦了場賞冬宴。沒有明說是替柳晟睿慶祝，但有心的都特意備了份禮，專門送給柳晟睿。

當然，宴請的名單中沒有夏府的分兒。夏玉郎氣得摔了個茶杯，宴會當天，竟然坐了馬車打算去赴宴。他倒要看看，當著滿京城權貴的面，柳葉要如何對待他這個親生父親？

奈何馬車還沒接近柳府，車夫和跟車的小廝就被不明物體打暈，接著一個人影出現在馬車上，抓過韁繩，架著馬車掉轉馬頭，竟是偏離柳府所在的方位，越行越遠。而馬車裡的夏玉郎竟是完全沒有發覺。

至於那場刺殺的幕後主使者姜氏，在收到刺殺失敗的消息後就病了。她那個氣啊，花了那麼多錢，竟連柳葉姊弟的一根汗毛都沒傷到，那可是她這些年好不容易才存起來的體己銀子。那幫暗殺任務失敗不說，雇佣金卻是一分不少的全拿走，活該派出去十一個人，沒一個能活著回來。

第一百零三章　要賭債的來了

柳葉當然不會知道，這一天，夏玉郎都經歷了些什麼，司徒昊一直都是這樣，默默地站在柳葉身後幫助她。

順順利利地辦完宴席，柳府就正式進入迎接新年的倒數計時中。由於柳老爺和柳元娘等人的到來，柳葉每天都被拽著東跑西跑，今天陪柳氏和大姨去寺廟求籤拜佛，明天帶著幾位表哥、表嫂逛街購物。

與柳府的輕鬆熱鬧不同，京都的這個冬天過得很低調，沒有冬狩，沒有宮宴，因為老皇帝病了，雖不嚴重，卻也斷斷續續吃了一冬天的苦藥湯子。

儲君未立，國祚無繼，人心不安。怡王和裕王更是動作頻頻，拉攏朝臣，鏟除異己，又有貴妃坐鎮宮中，很快的，朝堂上眾口一詞，大呼立怡王為儲君。

就在眾權貴紛紛為站位而煩惱時，柳府眾人依舊輕鬆快活著。不是柳葉不關心朝政，而是柳家一無人在朝為官，二無爵位在身。柳葉這個鄉君封號，又不是公主、郡主。雖說柳葉有些賺錢的本事，可在立儲這樣的大事面前，就是對金錢心心念念的怡王，也沒有多餘的精力來找柳葉的麻煩。

這天，柳府來了一群不速之客。五大三粗的幾個人，一看就不是善茬。門房本不想讓他們進門，可來人說是來找柳承宗的，有些債務上的事要清算。手上紙片一揚，門房眼尖地看到大大的「欠條」兩字，還能怎麼辦？只得一面將人迎進去，一面急急派人進府報信去了。

劉福全急急來到蘅芜苑，柳葉正陪柳氏和柳元娘在描花樣子，一聽有人上門來要賭債，柳氏的第一反應是柳晟睿在外面學壞了。待聽到欠債人是柳承宗，才稍稍鬆了口氣，就要往外院客廳去。

「娘，還是我去吧，您就在屋裡陪大姨說說話。」柳葉攔住柳氏。

「這……」柳氏雖然心裡也發慌，可要讓女兒去面對一幫討債的，她還是不放心。

「娘放心吧，我有尋梅、問雪呢。要不，我再把十一給帶上？」柳葉說著，就朝空氣大喊：「十一、玄十一！」

玄十一無奈地顯出身形。他這個暗衛當得還真憋屈，完全沒有顯示出暗衛的「暗」字。屋中諸人也都習以為常，柳氏還和善地朝玄十一笑了笑。

柳葉就這麼帶著三大護衛，閒庭信步般向外院客廳走去。又不是自家欠的債，就讓柳承宗那個渾球多應付會兒，多受些罪吧。

外院客廳內，前來討債的領頭人，人稱霍麻子，正大刀闊斧地坐在客座第一位的位置上，幾個手下也四散開來，隨意找了張椅子坐著。

柳承宗正點頭哈腰地請霍麻子喝茶。

「嘿嘿，霍爺您就放心吧，我那妹子是聖上親封的鄉君，跟我這個哥哥關係最是要好。這點小錢，我那妹子肯定會給的。」

柳葉一進客廳，聽到的就是這麼一句話，冷笑著問柳承宗。「承宗表哥，我啥時跟你關係最好了？我記得在清河時，我們兩家可是斷了往來的。」

「葉妹妹瞎說什麼呢，我可是你的親表哥。再說了，要是關係不好，妳會撇下其他兄弟姊妹不管，獨獨帶了哥哥我進京？」柳承宗訕笑著，拚命朝柳葉打眼色。

柳葉才不理他，徑直走到主位上坐下，問霍麻子。「不知這位好漢如何稱呼？」

「不敢，鄉君有禮了，小人姓霍，承蒙兄弟們看得起，專做些看場子、討債之類的活兒。這次前來，就是受『財運來賭坊』所託，為令兄的賭債來的。」雖是混混，可沒一個是簡單的，看霍麻子這話說的，有禮有節，條理清楚。

「嗯，那你自便。」柳葉說著，還朝柳承宗那邊看了一眼。「不用在意我，我只是口渴了來這裡喝杯茶罷了。」說著，還真的端起茶杯喝了一口，一副事不關己的模樣。

霍麻子愣了愣，一時竟是沒反應過來。

「葉妹妹，妳可不能不管我啊！妳若是不幫我把這錢還了，為兄我可就活不成了啊！」柳承宗卻是慌了神，上前就要去拉柳葉。

玄十一上前一步，也沒見他有什麼動作，柳承宗就已經飛了出去，穩穩地落在門口的一把椅子上，沒傷沒痛的，卻把在場的人都鎮住了。

霍麻子眼睛一縮，他自認自己也有武藝在身，可這個毫不起眼的小子，動作迅捷，力道又把握得分毫不差，就是自己也不一定能躲得過。

霍麻子已經起了膽怯之心，看樣子今天這討債的事不會順利了，好在他們的本意也不是為了能討到錢財。

這時，柳葉放下茶杯，開口問道：「我很好奇，不知我這位兄長欠了賭坊多少錢？什麼時候欠的錢？怎麼欠的？」

第一百零四章 原來如此

霍麻子的手往懷裡一掏，掏出一張欠條，雙手攤開，展示給柳葉看。「柳公子欠了賭坊白銀一萬五千兩，具體金額和時間都清清楚楚寫在這欠條上，還有柳公子的手印為證。至於怎麼欠的錢，這個就要問柳公子自己了，霍某只是受人之託，上門要債罷了。」

柳葉看到那張欠條，再看看還在椅子上發愣的柳承宗，都被氣樂了。「表哥，你可真是好本事，一萬五千兩，不知表哥清河縣的房產鋪子通通賣了，能不能賣得了五百兩銀子？表哥打算怎麼還這一萬五千兩啊？」

「葉妹妹，這錢還得妳幫忙還啊！葉妹妹，好妹妹！」聽到有人跟他說話，柳承宗總算回神，趕緊一臉乞求地望著柳葉，卻是忌憚著玄十一，不敢再上前來拉扯。

「哈，表哥，難不成我家的錢都是大風颳來的不成？別說我家沒這一萬五千兩，就是有這個錢，也不可能拿出來幫你還什麼賭債。」柳葉似看怪物一樣地看著柳承宗。這人脖子上長的不是腦子吧？竟然想讓自家幫他還這巨額賭債？

「什麼？什麼一萬五千兩？」柳老爺在兩個外孫的陪同下來到客廳，不敢置信地看著柳葉。

「姥爺怎麼來了？」柳葉想著柳老爺年紀大了，還想著先緩一緩，再慢慢跟他老人家說這事。

柳老爺顯然不領情，盯著柳葉，怒道：「快說！」

「……承宗表哥在外面賭錢，欠了一萬五千兩，現在人家上門要債來了……」

柳葉話還沒說完，只聽得「撲通」一聲，柳老爺竟是眼前一黑，暈倒在地。還好南宮凌反應快，將將地抓了柳老爺一把。

「姥爺！」

「爺爺！」

柳府眾人全都圍了上去。

「快，叫人請個大夫來。再叫幾個人抬了架子過來，把老爺子送回房去。」柳葉趕緊指了幾個下人，一一吩咐下去。

「鄉君。」霍麻子一看這情勢，也不想真的得罪柳家，就想著要離開了。「今日看在老爺子暈倒的分上，我們暫且先回去，三日後再來，希望到時候別再有什麼差池才好。」

柳葉衝那霍麻子點點頭，指了個下人把人送出去。她現在可沒空應付這個混混頭子。

誰知那霍麻子走了幾步，又轉回來，對柳葉道：「鄉君若是不想還錢，或許可以去找夏府老爺想想法子，他是那財運來賭坊名義上的東家。」

柳葉聽了這話，眼神閃了閃，說道：「多謝，不送。」

「在下告辭。」

不提柳老爺醒來後如何痛心疾首、如何責罰訓誡柳承宗。這會兒的柳葉已經坐在順王府的客廳裡，等著司徒昊回來了。

霍麻子臨走前的那句話提醒了她，柳承宗這是被人算計了。至於那人的最終目的，肯定不會是柳承宗這個才進京沒幾個月的鄉下小子，當然也不會真是要賺這萬兩銀子。

這幕後之人分明就是衝著她家來的，若是她猜得不錯，就是衝著她手上的生意來的。哼，夏玉郎，真是打得一手好算盤。

司徒昊匆匆趕回了府，聽柳葉細細說了今天的事，想了想，道：「怕是他們對妳的香水方子還未死心。妳打算怎麼辦？」

「哼，反正還錢是不可能的。」柳葉氣呼呼的，暫時也沒什麼好法子。

「怎麼，沒錢？不應該啊，妳的卿本佳人現在都有十幾種香水了吧？分店都開到其他州府去了，沒理由沒錢啊！」司徒昊笑著調侃她。

「哼！」柳葉沒好氣地瞪了他一眼，道：「開分店和研發新品不用花錢嗎？再說了，即便我真的有這麼多錢，我也不可能替柳承宗還賭債。無關乎我們兩家的關係，而是這事本就是衝著我家來的，先河一開，以後誰要是想算計我們家，直接從我家某個親戚下手就可以了。他們都是鄉下人，再壞再滑頭也比不過京城這些整天都在陰謀詭計中打滾的人啊！」

「那妳是打算跟夏家談條件，交出香水方子了？」

「想得美。」柳葉翻了個白眼。「想染指我的生意，別說門了，窗都沒有！」

「那怎麼辦？」司徒昊故意逗柳葉。

「他算計我，難道就不許我反過來設計他了？」

「夏家不足為懼，可問題是他的背後還有個怡王府。」司徒昊想了想。「這樣吧，我手頭上正好有這兩家違法亂紀的證據，或許可以拿出來用一用。這事妳就別管了，我會幫妳搞定的。」

「嘿嘿，那就有勞順王殿下了。」柳葉福了福，眼睛瞇著，笑得像隻小狐狸。

「妳個壞丫頭，妳算計的不是夏家，算計的明明就是我。」司徒昊沒好氣地點了柳葉的額頭一下。

「你是我的男人，自然要為我解決難題了。」柳葉一把抱住司徒昊的手臂，討好賣乖。

「等解決這件事，我就進宮求父皇為我們賜婚，做真正意義上的妳的男人。」司徒昊輕輕攬過柳葉。

柳葉順勢靠在司徒昊的懷裡，輕輕地「嗯」了一聲。

三日後，霍麻子又來了，這次同來的，還有個文質彬彬的年輕公子。

眾人分賓主坐下，霍麻子指著那年輕公子，介紹道：「這位是夏家的嫡少爺，也是財運來賭坊的少東家。」

柳葉打量著這個十四歲左右的少年，還沒說話，夏天佑率先開了口。

「在下夏天佑，說起來我與鄉君還是同父異母的姊弟，只是造化弄人，終究沒能成為一家人。」

柳葉笑了笑，沒接他的話茬，而是對侍立在一邊的下人道：「去找大表少爺，這債主都上門了，他這個欠了錢的正主怎麼還不出來招呼人？」

「等等。」夏天佑攔住要出去尋人的下人，對柳葉道：「這會兒你們大概找不到人的。自從那天霍麻子來說了鄉君的態度後，我私下想著，一張欠條怕是分量不夠，這不就請了承宗少爺喝酒去了。」

「什麼意思？」

第一百零五章 麻煩解決

夏天佑理了理衣袍，靠坐在椅子上，道：「鄉君何必揣著明白裝糊塗？我夏家費心設了這個局，鄉君不會天真地以為，我們真是為了這一萬五千兩的銀子吧？」

「哦？那我就好奇了，夏公子到底所圖為何？」柳葉也是身子一仰，靠在椅背上，漫不經心地道。

「香水方子。拿出香水方子，不但一萬五千兩的賭債一筆勾銷，就是柳承宗，也會毫髮無損地被送回來，不然的話……」

其實，夏玉郎的計劃中，是想要藉此逼柳葉就範，讓柳家姊弟認祖歸宗。若是實在不行，才會提拿香水方子交換的條件。

但是，夏天佑心中自有一番盤算。他這次求了這個差事來柳家交涉，就是抱著阻止柳家姊弟回夏家的目的。

「恐怕是不能如夏公子所願了。」話音剛落，司徒昊就大步流星地走了進來，對柳葉笑了笑，就在另一邊的主位上坐下來。

「參見順王，王爺萬安。」除了柳葉以外的眾人都齊齊下跪行禮。

「起吧。」司徒昊說完，轉頭就換上一張歉意的面孔，對柳葉說道：「臨時處理一點事，我來晚了。」

「沒有，剛剛好。」柳葉看著司徒昊，笑得眉眼彎彎。

司徒昊也對柳葉笑了笑，然後正了臉色，對夏天佑道：「夏公子，還請你回去，讓你父親過來談比較好。」

「順王爺什麼意思？難道是想欠錢不還嗎？欠債還錢，天經地義。您雖貴為王爺，可我這欠條上可是白紙黑字寫得明明白白，即使到了御前，聖上也不能因為您而不讓柳家還錢。」

「啪」的一聲，輕風已經一巴掌打在夏天佑臉上，司徒昊的聲音也適時響起。

「所以本王說要讓你父親前來，你這年輕氣盛的，還怎麼談下去？」

「你……我……」夏天佑被打得說不出話來，愣愣地看著眼前幾人。

柳葉也瞪大眼睛，王爺果然是王爺，順手兩指一比，送了個愛心給司徒昊。

司徒昊斜了她一眼，沒有反應。嘴角微翹的弧度卻出賣了他。柳葉的這個動作，以前就做過很多次，司徒昊是知道其中意思的。

「咳！」他清了清喉嚨，繼續對夏天佑說道：「我這裡有份記錄，你拿回去跟你父親好好商量，究竟該如何做這筆交易。」說著朝輕風使了個眼色。輕風從懷中拿出一張紙遞給夏天佑。

夏天佑接過紙張一看，臉色大變。他雖沒正式管理家中的生意，但帳目方面還是特意學過的。這紙張上的數據若是屬實，那他夏家逃漏稅的罪名可就坐實了。

「這只是本王摘錄的一部分而已，若想要拿回證據，還是請你父親前來和本王談吧！」

司徒昊說完，端起茶杯喝了一口。

「是。」夏天佑一手緊緊握著那張紙，對司徒昊行了個禮，心有不甘地走了。

廳裡沒了外人，柳葉好奇地問道：「那紙上寫的是什麼？」

「夏家這些年逃漏稅的一些證據罷了。」司徒昊漫不經心地回答。

「啊？就這樣？能行嗎？補上稅金再交些罰銀就能解決的事，夏玉郎真會為了這個，放棄好不容易得來的機會？」

「哼，若是一般的逃漏稅肯定不行，可如果金額大到遠遠超出夏家的賠付能力呢？」

「不會吧？夏家好歹也是幾代行商，曾經的青州首富，就這麼點稅金，怎麼可能交不出來？」柳葉對司徒昊的言語充滿深深的懷疑。

「確實還不出。雖然夏玉郎攬財有一手，可也塞不滿怡王府那無底洞。夏家的家底早就被怡王、裕王兩人搜刮完了。」

「啊？」頓了頓，柳葉才感慨。「你說這夏玉郎，到底圖什麼？雖說攀上了怡王府，可卻成了人家的錢袋子，白白給別人打工不說，這地位也沒見有多少增長。在青州的時候，好歹是首富，再捐個官身，誰還能不給他幾分面子？可現在，京城權貴滿地，誰會真心看得起他？」

「妳不是打聽到夏新柔有什麼貴命嗎?或許人家是想著有朝一日能成為國丈呢。」司徒昊言語中也充滿了諷刺意味。

「對了,那個夏新柔進了珞王府後怎麼樣了?」

「還能怎麼樣?不過是當個花瓶養著罷了,一年也見不到珞王幾次面。妳這招可真夠狠的,不但讓夏玉郎失了怡王的信任,還活活斷送了一個女子的幸福。」

「狠嗎?她可是當年間接導致我娘和離的人。怎麼,你同情她?」柳葉瞇起眼睛,危險地盯著司徒昊。

「瞎說什麼,我這是讚揚妳呢,對付那些膽敢冒犯妳的人,就該往狠裡教訓。」求生慾強悍的司徒昊趕緊討好柳葉。

幾天後,柳承宗就毫髮無損地回來了。柳老爺當著大家的面,親自上陣,狠狠地責打了柳承宗。

「啊!爺,別打了,我知道錯了!爺,輕點、輕點,痛!」院子裡響起柳承宗撕心裂肺的哭喊聲。

尋梅眼毒,看了一會兒就在柳葉耳邊道:「姑娘,老爺子留著力呢,這板子是高高舉起,輕輕放下啊。都打了十幾下了,宗少爺的屁股都沒腫一下。」

柳葉也是無趣,出聲阻止了柳老爺。「姥爺,算了,別打了,打壞了,承宗表哥受罪不說，我們還得花錢請大夫呢。」

「葉兒……」柳老爺聽到柳葉喊停，立刻住了手。

「我還有事，先回房了。」柳葉說完，帶著尋梅她們就回了引嫣閣。

「爹，打也打了，訓也訓了，承宗應該知道錯了，您也別氣了，回去歇息吧。」柳氏說著，也回了蘅芜苑。

第二天吃過早飯，柳元娘就向柳氏提出告辭。

柳氏很驚訝，忙道：「怎麼突然就要走呢？過幾天就是白山書院招生的日子了，不是說好了讓凌哥兒他們都去考試嗎？白山書院可是京城有名的學院。」

「不了，離開家都三個多月了，著實是想得緊，也不知道孩子他爹在家裡過得好不好！」柳元娘說著，眼睛也漸漸濕潤起來。

第一百零六章 再請賜婚

「……那就等收拾好了，我去送你們。」柳氏也不知道該說什麼了，總不能攔著人家回家團圓吧？「只是，真不參加招生考試了嗎？」

「這……」柳元娘也有些猶豫，但很快就堅定下來。「不了，等收拾好了，我們就走。」說完還轉頭問柳老爺。「爹，你們要跟我們一起回去嗎？路上也好有個照應。」

「這……」柳老爺並不想回去，他來京城，就是為了給柳承宗找條出路的，可出了賭債那事，他還真是沒臉再留下來。

「姥爺，一起回去吧，這山高水遠的，和我們一起回去，好歹有兩個外孫媳婦在，也好伺候著日常吃食，總比您和承宗表哥兩人上路要強些。」南宮杰也出聲勸道。

「我不回去，我、我還要參加書院考試呢！」見柳老爺猶豫，柳承宗趕緊表態。京城花花世界，他還沒玩夠呢。

柳老爺更加猶豫了，眼神四下亂飄，無意間看到柳葉無比嘲諷地看著柳承宗，心下一顫，可還是猶猶豫豫地說道：「收拾東西還要一些時候呢，不如我們先收拾著，讓孩子們去考完試再說？要是沒錄取，我們就一起回鄉去。」

「這樣好，若是考中了，就別回鄉了，讓大姊夫也來京城，孩子們的學業要緊。」柳氏還是覺得應該讓孩子們去考試。

柳葉暗自抹額。娘啊，難道您就沒看出來，大姨這是因為賭債的事，想要帶走柳老爺和柳承宗，才臨時決定提早回鄉的嗎？

「這……好吧！」柳元娘想了想，便也答應下來。

皇宮。

老皇帝剛午睡起來，李公公一邊伺候皇帝穿衣，一邊稟報。「陛下，順王殿下求見，來了有一會兒了，得知您在午睡，就在偏殿候著了。」

「讓他進來吧。」

「是。」李公公幫皇帝把最後一顆扣子扣上，留了小太監幫忙掛飾品，才出去找司徒昊。

司徒昊進來時，老皇帝剛梳洗完畢，揮退身邊伺候的人，往窗邊的座位上一坐，問道：「今日倒是積極。說吧，找朕什麼事？」

「參見父皇。」司徒昊行完禮，卻不起身，繼續道：「父皇，我與柳葉的婚事，還請父皇成全。」

「想清楚了？這樣才對嘛！側妃也是妃，享受著王妃的待遇，卻不需要王妃的操勞——」

「父皇，兒臣從沒想過讓葉兒做側妃，兒臣求的是順王正妃的位置，還請父皇賜婚。」

司徒昊直接打斷皇帝的話，說完，深深地拜了下去。

「胡鬧！」老皇帝一拍桌子，深吸了幾口氣，平復下心緒，才道：「昊兒啊，你知道的，朕對你期望甚高，你必須要有個家族實力雄厚的正妃，等朕百年後，你才能坐穩這個皇位。」

「父皇。」司徒昊驚愕地抬頭，隨即又深深地拜了下去。「父皇，兒臣從沒有要做儲君的想法，兒臣只想跟心愛的人逍遙自在地生活一世。」

「你！」老皇帝氣得連連咳嗽了幾聲。門外聽到動靜的太監趕緊進來伺候，老皇帝狠狠地瞪了過去。「出去！沒叫你們，不准進來！」

才跨過門檻的太監只好縮著脖子退了出去，隨即關緊殿門。

「父皇，兒臣什麼性子，父皇還不知道嗎？兒臣真的不適合當儲君，還請父皇允許兒臣就這麼當個逍遙王爺，平安順遂地過完這一生吧！」司徒昊頭觸地，懇求皇帝陛下。

「唉，昊兒啊，朕老了，身體一日不如一日，你就不能……朕的江山不交給你，還能交給誰？」

「父皇，您還有其他兒子。兒臣年歲最小，也最不長進，實在難擔大任。」

「你……你以為國之儲君是什麼？這可由不得你！朕這就擬旨，冊封你為儲君。黃卷封存，置於正大光明牌匾後，你就等著朕歸天後繼承皇位吧！」

「父皇，」司徒昊再拜。「父皇可還記得我母妃，可還記得答應過我母妃的話？母妃臨終前不顧規矩，執意讓您封我為王，還以順字為號，就是不希望我參與皇位之爭，能平平順順地過完這一生。」

「……嫻兒……是朕對不起你們母子。」老皇帝眼角濕潤，揮了揮手，道：「你走吧，這件事，朕會再考慮的。」

「是，父皇保重身子，兒臣過幾日再來看您。」司徒昊起身，紅著眼睛出了殿門。

回去後，司徒昊就把請婚再次被拒的事告訴了柳葉。

柳葉感慨道：「請婚路漫漫啊！皇帝陛下這是還想讓我們多談幾年戀愛，培養感情呢！」

兩人不知道的是，那天老皇帝與司徒昊的對話，傳到了貴妃耳中，怡王自然也就知道了，一樁針對順王的陰謀正在醞釀……

幾天後，白山書院的招生考試成績出來，南宮杰順利過關，南宮凌和柳承宗卻是落了榜，不在新生名單中。

柳老爺覺得整個世界都灰暗了，再也沒了以往的精氣神，唉聲嘆氣了幾天，實在沒臉再待下去，收拾東西就回清河去了。

同行的還有柳元娘一家。南宮杰最終還是決定回鄉進學，一來，他若在京師讀書，所需的費用肯定要比回鄉進學多得多。兩兄弟感情好，他不想因為這事讓南宮凌心裡留下芥蒂；二來，他覺得就他一人留在京師，人生地不熟的，未必真能比回鄉好多少。讀書主要還是要靠自己，他對自己有信心。

柳氏勸了幾次，最終也只能幫著打點好行裝，送幾人回鄉。柳葉特意問司徒昊討要了一張順王府的名帖，還遣了府裡的一個管事陪同回鄉，一路上打點相關事宜。

而柳晟睿，因為頂著天宇開國以來青州府童生試最年輕案首的名頭，被特招進了國子學讀書。國子者，卿大夫之子弟也。國子學招收的都是三品以上及國公子孫，就身分而言，柳晟睿無疑是其中的異類。

柳葉一度擔心柳晟睿在國子學裡會受欺負。還好，柳晟睿年紀雖小，卻聰慧過人，交際能力也強，又有凌羽書自告奮勇以大哥自居，處處照顧著，很快就適應了新學堂的生活。

第一百零七章 決鬥吧

春去夏來，隨著天氣變暖，老皇帝的病也漸漸痊癒。怡王卻是為了自己的奪嫡之路越發忙亂了，朝堂上構陷、打壓異己，私下更是派出死士，幾度對司徒昊出手。奈何司徒昊也不是吃素的，怡王派出的死士沒能在司徒昊身上留下哪怕是最小的一道傷痕。

當然，這些事柳葉是不知道的。她正在奮筆疾書，紙張開頭的標題赫然是「關於甜品屋加盟店的意見書」。

甜品的製作並不難，遲早都會被善廚之人模仿出來，還不如趁著甜品銷售的勢頭正好，以加盟店的方式，把甜品推廣開來，把自家的品牌做大做強，即使以後再有其他人也來做這甜品生意，自家的甜品屋也能獨占鰲頭。

修修改改了好幾天，才把這意見書寫完。正好珞王府送來請帖，邀請柳葉參加珞王妃舉辦的賞荷會。柳葉一想，跟藍若嵐和瑞瑤郡主約好了賞荷會上見，一起商談加盟店的事宜。

瑞瑤郡主已經訂親，婚事就安排在今年秋後。這段時間，她只能足不出戶地待在閨閣中繡嫁妝，連自己母妃舉辦的賞荷花宴都沒能出席。

柳葉當然是樂得清靜，在宴會上露了個臉，跟珞王妃和幾位年長的夫人們打了個招呼，就去找瑞瑤郡主了。等到一切談妥，也沒回宴會上，趁著珞王妃來見自家女兒時，提出了告辭。

才出了珞王府大門，正要上馬車，背後就有人喊她。

「柳妹妹！」出聲喊她的是凌羽書。這傢伙仗著自己跟柳晟睿同在國子學讀書，以學長自居，天天都要送柳晟睿回家，乘機找機會見見柳葉。

「凌公子也來參加賞荷花宴？」既然碰上了，柳葉當然也要停下來聊幾句。

「我聽晟睿說妳來參加宴會了，就過來看看。」凌羽書左右看了看，疑惑地問：「柳妹妹這就要回去了？是不是有人閒言閒語說什麼壞話了？告訴我，我去幫妳教訓他。」

「沒有啊。」柳葉都有些懵了。

「柳妹妹不必傷懷，聖上既然不答應妳和順王爺的婚事，不如就此算了吧。天涯何處無芳草，何必在一棵樹上吊死……」凌羽書又開啟了他的話癆模式。

柳葉心想，這什麼跟什麼？還天涯何處無芳草，芳草不是形容女子的嗎？她都沒喝酒，怎麼感覺自己醉了，都聽不懂凌羽書在說些什麼了。

「本王與慧敏鄉君的事，不勞凌公子費心。」司徒昊一身白衣，搖著把摺扇就過來了。不遠處，輕風牽著兩匹高頭大馬立在路邊。

「你怎麼也來了？」柳葉看著司徒昊走近，自覺地迎了上去，站在司徒昊身邊。

「都有人惦記上我的未婚妻了，本王能不來嗎？」司徒昊說著，瞟了凌羽書一眼。

「什麼未婚妻，又亂說。」柳葉悄聲說著，瞪了司徒昊一眼，四下看看，不由得臉紅了。這可是在外面。

「哼，聖上不答應你的請婚是事實，你又何必再耽誤我柳妹妹的青春呢？已經有個莫家三小姐了，難道還要拖累我柳妹妹不成？」凌羽書有些氣鼓鼓地瞪著司徒昊。

「本王跟葉兒的婚事，那是板上釘釘，遲早的事。至於那個莫三小姐，只是個誤會罷了，本王跟她連話都沒說上幾句，何來本王耽誤人家青春的說法？」

「懶得跟你說。」凌羽書丟給司徒昊一個鄙視的眼神，轉頭對柳葉說道：「柳妹妹，像妳這樣美好的女子，不該為流言所傷的。順王這樣婚姻不能自主、說話不算數的人，不要也罷。柳妹妹，只要妳願意，明日我就讓我母親上柳家提親去。」

司徒昊怒了，抬腳就要上前。柳葉一把拉住他，對凌羽書說道：「多謝凌公子錯愛，只是有件事，需明確告知凌公子，我柳葉這輩子只認司徒昊一人，至於那些流言什麼的，我並不在意。」

「柳妹妹……」凌羽書狠狠一跺腳，一手指著司徒昊，說道：「順王殿下敢不敢與我決鬥？輸的人就要放棄柳妹妹。」

司徒昊嘴角一勾。「如你所願。不過跟你決鬥，只是為了讓你知難而退，葉兒是我的最愛，本王是不會拿她當賭注的。」

「哼，好聽的話誰不會說？有本事，咱手底下見真章。」兩人目光相觸，火花四射。

柳葉抹額，不想再理會這兩人。「問雪，走，我們回府。」

「柳姑娘，妳這樣不好吧？這裡可還有兩位少年郎君為了妳要決鬥呢！」就在此時，珞王府裡聽到門房報信的眾人都已經移步過來瞧熱鬧了。看到柳葉要走人，人群裡的莫欣雨開口喊住她，只是語氣裡的酸味，隔著老遠，柳葉都覺得牙酸。

「哦，那兩人啊？他們喝醉了。莫姑娘若是有心，不妨多照顧著點。我還有事，先走了。」柳葉三兩步來到馬車前，就要爬上車。

司徒昊長腿一跨，再伸手一攬，把柳葉攬到自己身前，無奈地道：「葉兒，妳這樣逃避問題是不對的。」

柳葉看看司徒昊，又看看凌羽書，再看看珞王府門口一堆的「吃瓜群眾」，無奈地垂了頭，道：「好吧、好吧，你們打，我看著。」

「年輕人總要做幾件出格的事才不負了這大好年華，只是這大街上的，大家不如進府敘話？」珞王妃也開口說話了。「府上有專門的演武場，就去演武場比鬥一番可好？不過你們兩人，可要把握分寸，點到為止。」

「多謝王嫂。」司徒昊輕行一禮。一行人浩浩蕩蕩地進了珞王府，直奔演武場而去。

演武場正中，司徒昊抽出腰間軟劍，瀟灑地耍了個劍花，衝對面的凌羽書伸伸手，做了個請的姿勢。

凌羽書也不示弱，手中長槍一指，直衝司徒昊而來。兩人你來我往，瞬間就交上手，打得難捨難分。

圍觀人群中，時不時傳來叫好聲。那群閨秀們更是一個個犯起花癡，兩眼冒著愛心，恨不得場中兩人是為了自己而決鬥。

柳葉卻是看得心驚膽顫，咬著嘴唇不讓自己叫出聲來，手中緊緊拽著帕子，手指關節都因用力過度而發白。

第一百零八章　認作義女

突然，凌羽書一擊凌厲的招式刺出，趁著司徒昊躲閃之際，也乘機後撤一步，槍花甩出，蓄力一擊直衝司徒昊面門而去。

司徒昊手腕輕動，軟劍一改凌厲之勢，竟是如長鞭般纏上那蓄力一槍。凌羽書的長槍突然在半空中膠著不動，用力前送，槍尖竟無法向前推出分毫，槍桿向上緩緩弓起，竟是司徒昊以內力相抵。凌羽書雙腳頓地，卻是有些招架不住。

總算他見機極快，急忙撤槍，向後躍出，可是前力已失，後力未繼，連退數步，竟是退出了場地，後背撞在場邊的兵器架上，好險沒有摔倒在地。

司徒昊見狀收勢，軟劍重新插回腰間，淡淡地說了句。「你輸了。」

說完也不看凌羽書的反應，轉身來到柳葉身邊，笑道：「走吧，我送妳回去。」

「哼，狐狸精。」

兩人才走出幾步，人群中就傳來一聲輕蔑的罵聲。

「哦？謝謝。」柳葉望向說話的祝夢琪，嘴角微翹，道了聲謝。

「妳這人是不是傻啊？我在罵妳呢，狐狸精！」祝夢琪被柳葉的微笑刺激到了，怒聲說道。

「哦？難道是我理解錯了？狐狸精不該是集美貌與智慧於一身嗎？又醜又傻的，是迷惑不了人的。」柳葉說著，還意味深長地上下打量著祝夢琪，一邊還搖了搖頭。

「誰又醜又傻呢?!」祝夢琪氣得跳腳。「妳這個不要臉的下流女人，腳踩兩條船，勾搭了順王殿下不夠，還要勾搭凌公子……」

一陣風聲響起，待眾人反應過來，只見祝夢琪如木雕般呆立當場，垂在胸前的頭髮已經莫名其妙地斷了，脖子上還有一道淺淺的紅印。而背後的頭髮更慘，直接被齊肩削斷，落了一地。

「再有下次，斷的就不是頭髮了。」司徒昊收劍入鞘，拉過柳葉就走。

「哼，我柳妹妹也是妳能指責的？」凌羽書不知何時出現在祝夢琪身後，把手上的長槍往旁邊一扔，追著司徒昊兩人去了，邊跑還邊喊道：「喂，等等我呀！喂，順王殿下，你剛才那一招……」

「啊——」一聲尖叫響起，回過神來的祝夢琪毫無形象地大哭起來。

司徒昊、凌羽書兩人為了柳葉決鬥的事，很快就傳遍了京城大街小巷，一時間人們議論紛紛，流言四起，輕視者有之，指責者有之，羨慕者亦有之。反正柳葉是不想出門了，安安心心地躲在府裡過自己的悠閒日子。

如此過了幾天，靖國公帶著夫人和凌羽書來到柳葉府上拜訪。得到消息的柳氏趕緊帶著柳葉迎出去，一番見禮寒暄後，眾人坐定，靖國公才說起今日前來的目的。

「前些日子，犬子羽書行事魯莽，給鄉君帶來不少麻煩，老夫在這裡替犬子給柳娘子和鄉君賠不是了。」靖國公說著，還起身衝兩人行了個禮，國公夫人和凌羽書也一起行禮。

柳氏和柳葉趕緊起身，回了一禮。柳氏有些惶恐地道：「國公、國公夫人多禮了。年輕人氣血方剛，不礙事的。」

「多謝柳娘子寬厚。只是我這小兒子，從小就被驕縱慣了，行事全憑一時喜好，不計後果。比武那事，確實是他做錯了，女兒家的名聲何其重要，都被他給拖累了。」國公夫人也歉意滿滿地對柳氏說道。

柳氏正不知道如何回答呢，恰巧此時，丫鬟們進來上茶，柳氏乘機請幾人歸坐。「國公、國公夫人、小公子，還請坐下說話吧！」

幾人重新入座，國公夫人又開了口。「那天這臭小子回到家，我就狠狠教訓了他，可這小子卻說，自己是把鄉君當成自家妹子的。」

「臭小子，還不把你那天對我們說的話，原原本本地說了。」靖國公也適時地喝道，還瞪了凌羽書一眼。

「柳妹妹膽識過人，行事爽利，我是很喜歡柳妹妹的。但是喜歡妹妹的那種喜歡，順王那個傢伙，屢次請婚沒成，京中都在恥笑柳妹妹呢。我就是、就是氣不過，才想要打順王一頓的，沒想到打人不成，自己還輸了。」凌羽書說著說著，聲音越來越輕，竟然不好意思起來。

「唉，我這孩子，心地是好的，只是練武練傻了，行事魯莽，還請柳娘子和鄉君莫怪罪。」國公夫人又要起身施禮。

柳氏趕緊阻止道：「夫人說的什麼話，何來怪罪之說？先前我們在回京途中遇險，幸得凌公子相助才倖免於難，後來睿哥兒在學堂又多得凌公子照拂，我們感激還來不及呢！」

「說起來，我們兩家還真是有緣哪！」國公夫人感慨道：「柳葉這個孩子，我看著也是歡喜得緊。我家沒有姑娘，若是可以，我想認她當義女，不知柳娘子可否讓妳這姑娘也喊我一聲母親？」

國公夫人這話一出，不僅柳氏愣住，連一直沒開口說話的柳葉都驚詫了。靖國公府是什麼門第？想要一個女兒，招招手，一大幫閨秀、貴女們等著他們挑選，為何要認自己這個義女呢？

想不通就問，柳葉也不矯情，直接問道：「這是為何？為何是我？」

「我啊，就是喜歡妳這種有話就說，不藏著、掖著的性子。」國公夫人一臉笑意。「再說了，我家羽書都認了妳這個妹妹，難道妳不該喊我一聲母親？」

柳葉無語。認妹妹是凌羽書單方面的決定，怎麼到了國公夫人口中，就成了是雙方都同意的兄妹關係呢？

「嗯，認作義女好啊！一來，我們夫妻倆早就想要一個女兒，二來，對於比武那事也有了個合理的解釋，京中對於慧敏的流言蜚語也能停歇了。柳娘子、慧敏，只要妳們點頭，三日後，我們就大宴賓客，正式認親。」

「這……葉兒，妳覺得如何？」柳氏徵詢閨女的意見，畢竟要去給人家做義女的是閨女，不是自己，自己不能問也不問就替閨女決定。

「能有國公爺、國公夫人這樣的義父、義母，是柳葉幾輩子修來的福分。」柳葉想著，或許是司徒昊在背後做了什麼，才促使靖國公一家認親，便也沒有多大計較，答應了下來。

不管怎麼看，這次認親都是自己占了便宜，日後好好孝順兩位長輩就是了。

第一百零九章　義賣募捐

「好好好，自今日起，我靖國公府也有正經小姐了！」靖國公放聲大笑，老懷甚慰的樣子。

「好孩子。」國公夫人立刻褪下手腕上的一只翡翠鐲子，拉過柳葉的手，順勢把鐲子戴在柳葉的手腕上。

「多謝國公夫人。」柳葉福身謝禮。

「妳這孩子，怎麼還叫國公夫人啊！」靖國公夫人嗔怪了柳葉一句。

柳葉趕緊跪下，俯身在地，恭恭敬敬地說道：「義女柳葉，拜見義父、義母。願義父、義母身體安康，萬事和順。」

「好孩子，快起來。」國公夫人趕緊拉起柳葉，笑著打量這個新認的女兒。

「妹妹妝安。」凌羽書也走上前來，端端正正地向柳葉行了個禮。

「哥哥萬福。」柳葉趕緊回禮。

其實對於凌羽書來說，欣賞柳葉多過於傾慕，如今既然認了義妹，那一點點才萌芽的傾慕之情也就隨之消散了，取而代之的，是哥哥對於妹妹的愛護之情。

三日後，靖國公府舉行了盛大的認親儀式，邀請京都大半的權貴出席宴會。而凌羽書和司徒昊的那場決鬥，也被硬生生拗成了哥哥愛護妹妹的激憤之舉。

一時間，眾人紛紛羨慕柳葉有如此好運，竟能入了國公爺的眼，做了國公府的小姐，嫉妒得不要不要的。

而有一人卻是無比懊悔，當初真不該同意柳氏的和離。而最不該的，就是同意她帶著女兒離開夏府。夏玉郎這會兒是悔得腸子都青了，若柳葉還是夏家女，那這會兒攀上國公府的就是夏家了。自從新柔被抬進珞王府，怡王爺對夏家的態度越來越冷淡了，除了每月要銀錢，給的照拂是越來越少了。

認親宴後的某天，柳葉問司徒昊，靖國公府認義女的事，是不是他費力促成的？

司徒昊卻是神秘一笑，抬手指了指天，道：「不是我，靖國公是與國同休的世襲國公爵，我還沒那麼大的臉面能說動靖國公，應該是我父皇出手的。」

「皇帝陛下？他為什麼要這麼做？」柳葉驚訝。

「傻丫頭，這說明我們很快就能成親了。」司徒昊寵溺地點了下柳葉的額頭。

柳葉想通其中關鍵，臉唰地一下就紅了。

成了靖國公府的義女，柳葉這也算是新貴上位了。靖國公夫人帶著柳葉隔三差五地參加各種宴會，四處炫耀自己得了個好女兒。

這日，靖國公夫人又帶著柳葉出門赴宴。這次宴會的主家是皇帝的長女——端睿大公主。

宴席上，眾人談起今年夏季少雨，京城附近已有好幾個州縣都遭了旱災，已有災民陸續往京城方向來了。

「唉，等到大批災民湧入，我等免不了要施粥施糧，行善積德，也是替朝廷分憂。」端睿大公主面露憂色。

「那是必然的，只是我等畢竟能力有限，若是災民太多，難免吃力，也不知朝廷有何安排？」眾夫人中有一人如是說。

「開倉放糧、撥銀賑災那是必須的。只是本宮聽母后說起，近年來，國庫年年入不敷出，這次撥下的銀錢怕也不會太多。」端睿大公主說完，重重地嘆了口氣。

「不如我們募捐吧？」莫欣雨突然插嘴提議道：「京中富戶那麼多，隨便拿出些銀子來，也能湊不少呢。」

「以前又不是沒募捐過，出錢最多的，還不是我們這幾家施粥的，其他人讓他們掏點銀子，難喔！」席間一位夫人說道。

「白白讓人掏銀子，自然響應的人少了。不如……我們來做義賣吧？」柳葉想了想，提議道。

「哦？什麼叫義賣？怎麼個賣法？妳倒是說說看。」端睿長公主明顯有了興趣，好奇地問柳葉。

「大家家裡多多少少都有些不喜歡的閒置物品，拿出來登記造冊，在集市上擺攤出售，我們再宣傳一番，肯定會有人來買的。賣出的銀錢全部充作捐款，捐給災區，這樣不但能使家中的閒置品廢物利用，買家也會因為有心儀的商品，又能助人為樂而爽快掏錢的。」

「柳姑娘這個提議倒是不錯，只是我等閨閣女子，怎好把閨中之物隨意拿出去賣？萬一落入不懷好意之人手中，可如何是好？」

柳葉看了莫欣雨一眼，說道：「所以就要提前登記造冊，這樣人人都知道妳的這物件是捐出去義賣的，便也沒了後顧之憂。再說了，也不用拿妳的貼身之物出去賣，像玩膩的玩具、丫鬟們繡的手帕荷包，或是還沒來得及穿上身就過時的新衣裳，都可以拿來義賣。」

「那柳姑娘打算拿些什麼出來義賣呢？」人群中有人問道。

柳葉笑了笑，答道：「我家底子薄，實在沒什麼拿得出手的東西。所以我打算賣藝，擺個攤子，幫人畫畫。」

「啊？賣藝？好歹也是有身分的鄉君，又是靖國公府的義女，這會不會……不合適？」

「不會啊，人家秀才、舉人還上街賣畫呢！何況我這是為了籌集資金救災，是行善積德的好事，不丟人。母親，您說是不是這個理？」柳葉說完，還徵詢靖國公夫人的意見。

「是這個理，這是義舉，是好事。」靖國公夫人還沒開口呢，端睿大公主就笑著答了。

「慧敏這個提議甚好。這樣，本宮腆著臉向大家討了這義賣會倡議人的位置。大家回去也好好宣傳宣傳，五日後把要義賣的物品單子交上來，可好？」

「公主大義！」眾人同聲稱讚端睿大公主。

「嗯，那就如此說定了，具體事宜我們稍後再詳談，還請幾位夫人多多幫襯。」端睿大公主說著，看了看身旁幾位年長位高的夫人。

於是義賣的事，就這麼定了下來。

宴會結束前，端睿大公主還特意找了柳葉單獨談話，解釋她為何要把柳葉拋開，占了這倡議人名頭的事。

其實，柳葉多少也能明白一些其中的原因。

不說自己人微言輕，年紀又小，名聲過盛不一定是件好事；單說影響力，自己就沒法與端睿大公主相比。由端睿大公主主持義賣會，影響力有了，威懾力也有了，過程中會減少很多麻煩。

第一百一十章 畫折手了

十日後正式開賣，連賣三天，特意挪出西市一大片空地用於舉辦這場義賣會。義賣的東西也是五花八門，有繡品、玩具、器皿、筆墨紙硯，也有像柳葉這樣，擺個攤賣畫賣字的。

閨秀們戴著帷帽，身邊或跟著自家長輩，或跟著伺候的丫頭、婆子，一會兒在自家攤子後面當攤主，一會兒又跑去別家的攤子前當買主。一個個不像是做生意的，倒像是來玩的。

柳葉身著男裝，在義賣會場地上找了個攤位，把她那奇怪的畫架一擺，攤位背後再掛幾幅樣品，把「現場肖像畫，十兩銀子一幅」的牌子往地上一放，就坐等著客人上門。

十兩銀子，乍一聽好像挺貴的，可是仔細一想，一點都不貴。看那書畫鋪子裡，隨便一幅畫作，沒個幾十兩、上百兩那是下不來的。

第一個客人就是司徒昊了。其實，司徒昊是跟著柳葉一起來的，指揮下人們把攤子擺好後，就施施然地坐在專門為客人準備的椅子上，等著柳葉幫他畫畫。

看到司徒昊如此配合，柳葉當然也不矯情，拿起畫筆在紙上細心地勾勒起來。柳葉畫司徒昊已經不是一次、兩次了，即使是閉著眼，也能分毫不差地畫出來。很快的，一個司徒昊赫然出現在畫紙上，就是額前那被風吹起的一縷碎髮，都是那麼自然。

收起畫筆，柳葉卻不打算把這幅畫給司徒昊，而是親自上手，把畫紙掛在最顯眼的位置上。

司徒昊也不阻攔，看著柳葉掛好了畫，又欣賞了一番，道：「嗯，畫得不錯。」

「是很不錯好不好？人好，畫也好。」柳葉瞥了司徒昊一眼，一副尾巴翹上天的驕傲模樣。

「是是是，我們家葉兒最厲害了。」司徒昊寵溺地看著柳葉，說道：「不要太累了。收攤的時候我來接妳回家。」

「好，你去忙吧，這邊我能應付。」柳葉點點頭，目送著司徒昊離開。

司徒昊離開後，好一會兒，柳葉的攤子上都不見一個人光顧，就在柳葉暗暗揣測是不是自己定價太高時，一聲少女的嬌喊聲響起——

「哇，是順王殿下的畫像，好帥！」一位明顯是司徒昊的迷妹路過柳葉的攤子，一眼就看到自己偶像的畫像，一時激動，就這麼喊出了聲。

幾乎是眨眼工夫，柳葉的攤前就圍滿了人，鶯鶯燕燕的，全是大姑娘、小媳婦，一個個對著司徒昊的畫像指指點點，甚至有幾個眼神癡迷，就差沒流口水了。

其實，從司徒昊的畫像掛起來的那刻起，柳葉就發現了，總是有那麼幾個人在自己的攤子前走了一趟又一趟，只是礙於女子的矜持沒有圍上來罷了，現在有人做了出頭鳥，自然是大大方方地圍觀了。

柳葉那個後悔啊！自己的男神，竟就這麼白白被人給圍觀了。雖然只是畫像，可能不能從專業的角度來欣賞、品評畫作，而不是對著畫中人犯花癡？怎麼感覺自己吃了大虧，可又有些小得意呢？

「大家心中完美的順王殿下都在我這兒畫畫了，各位美麗的姑娘們，有沒有興趣也來上一幅與順王殿下一模一樣的肖像畫？只要十兩銀子，給我兩刻鐘，還妳嬌美容顏。」柳葉乘機給自己的攤子打廣告。

「我要畫、我要畫！」那位第一個大喊出聲的小姑娘立刻上前，端坐在椅子上，還興奮地一邊整理衣衫，一邊小聲問身邊的丫頭，頭髮亂不亂之類的問題。

「我也要畫，我排第二個。」一位姑娘規規矩矩地走出人群，站在旁邊排隊。

「讓我先畫，讓我先畫！」話音還沒落呢，一位姑娘越眾而出，隨手拍出十兩銀錠，就打算趕走坐在椅子上的那位。

「姑娘，不好意思，先來後到，還請排隊。」柳葉撿起那銀子，丟進旁邊的錢箱裡，禮貌卻語氣堅定地道。

「就是，排隊、排隊。」眾女一起討伐無良插隊之人。那姑娘氣哼哼地一甩袖子，但還是不情不願地排隊去了。

柳葉看了看不斷增長的隊伍，想了想，說道：「各位美麗的姑娘們，一幅畫大概要兩刻鐘的時間，大家在這裡排隊也是浪費時間，不如先在我這丫鬟這裡登記一下，領個號碼牌，我按照號碼的順序為各位美女們畫畫，姑娘們也不用在這裡乾等，時間差不多了再過來就行。」

說完，柳葉拉過問雪，把流程這麼一說，讓問雪自己去處理。自己則是拿起筆，專心地畫起畫來。

連續畫了四張畫後，柳葉揉了揉微微發瘦的手腕，看了看問雪手上那一疊號碼牌，哀號一聲，認命地繼續畫畫去了。

中午時分，當柳葉看到柳晟睿和凌羽書兩人，帶著一幫的同窗、學長出現在攤子前的時候，簡直欲哭無淚。

自己怎麼忘了，昨兒這兩人都說要帶同窗來給自己捧場的。

當下她也顧不得形象，雙手一攔，道：「今日名額已滿，想要畫畫的，明日再來。」

「姊……」

「妹子……」

柳晟睿和凌羽書同時出聲，可柳葉卻不給他們說話的機會。「今天真的不行了，我這手都要斷了，那邊還排著十來個人呢，畫完天都黑了，你們總不會忍心讓我在這裡點著根蠟燭給你們畫畫吧？」說完還可憐兮兮地望著兩人。

「妹子，別急，我們只是來看看，不是找妳畫畫的，放心、放心。」凌羽書率先受不住柳葉的眼神，直接打了退堂鼓。

「對對對，我們就是來欣賞柳姑娘的畫，不是來找妳畫畫的。畫畫的事，我們可以排隊，明天再來嘛！」

「對對對，我們排隊，明天或後天都可以，柳姑娘安排時間就好。」一眾公子哥兒如此說道。

第一百一十一章　投壺比賽（一）

柳葉的畫以假亂真，他們可是聽過的。現在再一看掛著的那些樣品，活脫脫跟本人站在面前似的，自己若也能有如此一幅畫像，記錄下自己英俊瀟灑的模樣，想想也不錯。再說，還有靖國公小公子的面子在呢。

「好吧，問雪，給幾位公子號碼牌。不過今天肯定畫不了，幾位明日再來吧。」柳葉無奈地說著，揉揉發疼的手腕，繼續奮鬥去了。

第二天一早，柳葉的畫畫攤子還沒擺起來，凌羽書就親自抱著一個大箱子來了，重重地往地上一放。「這些給妳，拿去義賣，就不要再擺畫畫攤子了。」說完，氣鼓鼓地就要往回走。

「喂，你站住，把話說清楚了。」柳葉莫名其妙。

凌羽書撇撇嘴，一臉哀怨地道：「妹子啊，管管妳家那個順王殿下吧，沒事別放他出來了。」

昨日，聽了同窗們滿滿一車誇讚自家妹子的話，搞得他也飄飄然地與有榮焉，結果還沒樂呵多久，司徒昊那個混蛋不知哪根筋搭錯了，跑到他府上，一聲不吭就先揍了他一頓，可恨自己還打不過他。

等到揍完了，司徒昊才跟他說，柳葉畫畫傷了手，讓他去跟他的同窗們打個招呼，日後再慢慢幫他們把畫補上。可憐的凌羽書一面心疼自家妹子，一面又畏懼於司徒昊，只得大半夜的，敲響一家一家同窗好友的門，賠禮道歉。

「怎麼了？發生什麼事了？」柳葉被凌羽書這麼一句沒頭沒腦的話，繞得更加迷糊了。

「沒什麼、沒什麼。」凌羽書可沒臉說自己被揍的糗事，連連擺手。「對了，今天我那些同窗們都不會來了，下次有機會，妳再補張畫給他們吧。我去上課了，妳也別太累了。」說完掉頭就走。

柳葉想了許久才明白其中的關節，應該是司徒昊找上門去了，看樣子昨兒預約的那些客人，今天是不會再來了。正好，乾脆今日就不畫畫了。司徒昊的一片好意，自己可不能拂了。

可是不畫畫，那今天要做點啥呢？看看自家另一個攤子上擺著的各種小玩意兒，柳葉突然想起前世夜市上那個經久不衰的傳統項目——套圈圈。

套圈圈這種老少皆宜的傳統項目，天宇朝的廟會集市上也有，只是先前的柳葉一直沒想到罷了。叫過尋梅，跟她如此這般一說，尋梅立刻就去準備了。

柳葉也沒再多管，帶著問雪，打算好好逛一逛義賣會。

雖然當初提議的時候說了，這場義賣會賣的都是些閒置物品，可畢竟擺攤的都是京中權貴，即使是閒置，也都是全新的。不論是做工還是用料，都不是市場上那些普通貨色能比的。

「柳姑娘。」

正逛得起勁，忽然聽到有人喊她，柳葉轉頭一看，就見莫欣雨正站在一個玩投壺的攤子前，言笑晏晏地望著她。

「原來是莫姑娘。喚我何事？」柳葉神情淡淡的。

「柳姑娘，這是我的攤子，柳姑娘不來玩幾把嗎？」莫欣雨說著，還做了個請的手勢。

「不了，我還想再逛逛這集市，暫時沒空。」柳葉拒絕。

「哼，怕是不會玩這投壺吧？畢竟是鄉下來的，不會這士大夫的遊戲也是正常。」頭戴帷帽的祝夢琪一臉輕蔑地看著柳葉。她的長髮沒了，怕是要戴好長一段時間的帷帽了。

「祝姑娘的記性不太好，怎麼，那一頭短髮也不想要了？」柳葉嘴角一勾，懟了回去。

「……」祝夢琪明顯打了個哆嗦，後退兩步，不敢再吱聲。

第一百一十二章　投壺比賽（二）

「柳姑娘何必嚇唬祝妹妹呢？」莫欣雨上前一步，擋住祝夢琪的半個身子，道：「既然柳姑娘不會投壺，那我也不好強人所難。柳姑娘自便。」

「誰說我家姑娘不會投壺了，妳也太小瞧人了。」問雪一時氣憤，搶在柳葉前面說話，一副要為自家姑娘正名的氣勢，柳葉攔都攔不住。

「哦，那不如我們來比賽吧？柳姑娘意下如何？」莫欣雨看著柳葉，很是興奮的樣子。

「沒興趣。」柳葉一副興致缺缺的模樣。

「姑娘，跟她比，妳的投壺可是王爺親自教的。」問雪卻是極力慫恿柳葉。

「她說比就比？那我豈不是很沒面子，不比。」柳葉送給問雪一個大大的白眼。

「柳姑娘，不如我們加些彩頭如何？妳看這邊，可有能激起柳姑娘興趣的東西？」莫欣雨說著，指了指架上擺著的各式物品。

架上的東西著實不少，一排排擺放著。柳葉大致一看，應該是按物品價格來分類的，差不多價位的東西擺放在同一排。再一看一邊豎立的牌子，頓時明白了。

原來莫欣雨的這個投壺攤子，跟她新設的套圈圈攤子差不多。只是莫三小姐這邊的獎品是要按積分換的。積分哪裡來？買箭矢投壺唄！

柳葉不禁暗自感嘆。這法子若是莫三小姐自己想出來的，那這姑娘還是有一點可愛之處，懂得如何賺錢，竟連積分制都想出來了。不像其他閨秀，覺得自己會作首詩、畫幅畫就是多了不起的事，對庶務卻是一竅不通。

柳葉看了看，最上層有一套頭面，髮簪、步搖、花鈿、耳墜、項鍊，銀質主體，玉石嵌花，東西不算多名貴，可沒個二、三百兩銀子也是買不到的。

而吸引柳葉的，並不是這套飾品的價值，而是它的設計。全套飾品都以桃花為主題，粉紅的花、淡綠的葉。雖然實際上桃花和綠葉是很難同時出現的，可這是飾品，造型美才是真的美。

最主要的是，一看到這套飾品，柳葉就想起了桃芝——那個歲數不小，卻還被自己拴在身邊伺候的美麗姑娘。若是能贏了這飾品拿回去送給桃芝，也是不錯的。

見柳葉一直盯著那桃花飾品看，莫欣雨覺得今日的比賽有希望了。這投壺自己可是專門練過的，不說能十成十命中，可九成五的機率還是有的。

先前在畫畫比賽上輸了柳葉一籌，這次一定要贏回來。

「柳姑娘，選好沒？想要哪件物品做彩頭？」莫欣雨乾脆連是否比賽都不問了，直接問柳葉選好彩頭沒。

「既如此，那就比一場吧！至於彩頭，就那套桃花首飾好了。」柳葉伸手一指，接著說道：「其實我今日是不適合比賽投壺的，昨兒連續畫畫，傷了手腕。不過莫姑娘盛情難卻，那我就陪莫姑娘玩一把吧，只是這比賽規則，能否由我來定？」

柳葉說著，還挽起一節袖子，露出右手手腕上纏著的白布條。這是今早出門前桃芝幫她纏的，目的是擔心今日又有人蜂擁而至找柳葉畫畫，纏個布條假裝受傷，讓柳葉當作藉口拒絕他人用的。

「可以，不知柳姑娘想怎麼比？」莫欣雨對自己信心十足，很大方地答應了。

「很簡單，就用那只單口壺，誰投中最多，誰就是贏家。只是，我們不規定箭矢總數，我們規定時間，以一炷香為限。」

「好，就依柳姑娘所言。」聽完柳葉述說的規則，莫欣雨也沒提出異議，直接就讓人準備去了。

京城第一才女要跟如今聲名大噪的慧敏鄉君比賽投壺，消息一傳開，立刻引起許多人圍觀。

香已經點燃，莫欣雨從箭筒中拿出一枝箭矢，對準那壺嘴就要投箭，「咻」的一聲，柳葉那邊已經率先投中一枝。

莫欣雨回頭看了柳葉一眼，定定神，重新瞄準，一箭也是穩穩地落入壺中。與此同時，柳葉那邊壺中也是多了一枝箭矢。

莫欣雨轉過頭來看，只見柳葉已經拿起第三枝箭矢，正準備投壺。

「柳姑娘，投壺的規矩妳不懂嗎？怎能不等對方連續投擲，妳這樣也太失禮了。」莫欣雨憤憤地說道。她覺得柳葉這是不尊重自己，羞辱自己。

「莫姑娘是說，我們應該妳一枝、我一枝輪流投壺？我應該看著妳投壺才行？」柳葉說著，手裡的箭矢已經投了出去，瓶子微微晃了晃，裡面已經插了三枝箭矢了。

「難道投壺的禮儀不該是這樣嗎？」莫欣雨反問。

「可我們這是比賽啊。比賽規則定的是，相同時間內誰投中最多，誰就贏。要是按莫姑娘說的那樣，要是到了最後關頭，我領先姑娘一枝箭，又故意拖延時間，讓姑娘沒時間再投擲，莫姑娘會不會生氣呢？」柳葉一邊說，手上動作也不停，又去箭筒裡拿箭矢。

「妳……」莫欣雨突然覺得自己不知該如何接話了。

「所以還是抓緊時間，各投各的吧。莫姑娘，再不動手，我可是要領先妳三枝箭了。」柳葉說著，手中的箭矢又飛了出去。

此時，兩人的壺中，柳葉是四枝箭，而莫欣雨卻只有孤零零的一枝。她狠狠地跺了一腳，也趕緊投壺去了。

時間一點一點過去，眼看著爐裡燃著的香只剩下最後一點點。兩人壺中的箭矢已經清理過幾次，至於成績，則有專人記錄，兩人目前平手，都是二十五枝。

昨兒用手過度的弊端還是顯現出來了，柳葉的箭矢越到後面就越沒了準頭。後來乾脆停了下來，揉著手腕稍微歇息，這才讓莫欣雨追平了分數。

「哚」一聲清響，莫欣雨看看那隨時都有可能滅掉的香頭，終於露出了勝利的微笑。

第一百一十三章　比賽賺錢

可是很快的，她的笑容便僵住了。柳葉竟然拿了兩枝箭，打算來個雙箭齊發。

這要是讓柳葉投中，自己可就輸了。莫欣雨一緊張，竟是忘了繼續投壺，就這麼緊張地盯著柳葉手中的兩枝箭。

柳葉輕輕一投，兩枝箭矢飛出，齊頭並進，比先前任何一次都響亮的聲音響起，壺身也劇烈地晃動了幾下，才又重新站穩。

莫欣雨下意識去看香爐，爐裡的香火閃了閃，才徹底熄滅。

臨時充當裁判的一個僕人趕緊開口喊道：「時間到——這次投壺比賽，莫姑娘中二十又六，柳姑娘中二十又七，柳姑娘勝！」

莫欣雨的臉色瞬間難看至極，動了動嘴唇，終是沒有說出什麼來。

至於平日裡一直待在莫欣雨身邊、替她打抱不平的祝夢琪，在剛才被柳葉嚇了後，不知道什麼時候起，早就已經不在了。

「哇，姑娘，我們贏了！」問雪和另一個二等丫鬟，這會兒已經興奮地圍著柳葉大叫了。

「姑娘們，妳們的矜持呢？看把妳們興奮的。」柳葉也是心情極好地跟兩個丫鬟說著玩笑話。

這時，裁判已經端著托盤過來了，托盤上放著的，正是那套當作彩頭的桃花首飾。莫欣雨親自接過托盤，送到柳葉面前。「恭喜柳姑娘，這是妳的獎品，請收好。」雖說沈著一張臉，卻也沒有惡言相向。

柳葉不禁對這莫三小姐起了一絲絲好感。這丫頭雖說單戀司徒昊，可相比那沒教養、沒頭腦的祝夢琪，以及表面良善、暗地裡害人的夏新柔，那可是好了不止一點點。

「多謝莫姑娘了。」柳葉毫不客氣地接過托盤，交給丫鬟捧著，對莫欣雨說：「如此我便走了。」

說完衝著莫欣雨揮揮手表示再見，就帶著兩個丫鬟離開了。

「等等，柳姑娘，不如我們再來比一場吧。」莫欣雨上前一步，喊住了柳葉。

「怎麼?莫姑娘若是那輸不起的人，這彩頭，我不要也罷。」柳葉停住腳步說道。

「不是的。」莫欣雨連忙否認。「這次比賽，我輸得心服口服，只是我想再與柳姑娘一較高下。這次我們不比投壺，我們比這場義賣會的收入如何？」

「哦？」柳葉挑挑眉。

「明天就是義賣會的最後一天了，我們就來比比看，我們兩家誰家賣的銀子多，如何？」

「有好處嗎?這次的彩頭又是什麼？」

「呃，柳姑娘想要什麼彩頭？要不這架子上的東西，柳姑娘再選一樣？」莫欣雨也是心中念頭才起，這些細節問題，她還沒考慮過。

「哎呀，好像沒有我想要的了。既然沒好處，那就不比了吧。」柳葉揮揮手，又要離開。

「等等，若是我輸了，就答應柳姑娘的一個要求，可好？」莫欣雨又上前一步，急急開了口。

柳葉看了莫欣雨一眼。這姑娘是跟自己槓上了？可是她竟不想拒絕呢。

「這樣啊，那若是我輸了，是不是也要答應莫姑娘一個要求呢？到時候莫姑娘會不會提出讓我離開順王爺這樣的要求？或者是讓我自裁？殺人放火？可是這些，我是通通都做不到。」

「當然不會，我所提的要求，肯定是在柳姑娘力所能及的範圍內，絕不可能是違法亂紀的事。相信柳姑娘的要求也是如此，對不對？」

柳葉嘴角帶著笑。「規則呢？」

莫欣雨想了想。「義賣會已經進行了兩天，明天就是最後一天……不如就算明日一天的收成，當然，今天可以提前做好準備，比如補充貨物什麼的。」

「哦？莫姑娘不會是想把府上的珍藏拿出來賣吧？這要是拿了個幾萬兩價值的東西來，我柳家家底薄，可招架不住啊！」

「這、這怎麼可能……」莫欣雨確實想把那些高價位的東西拿出來拉抬收入，可也沒有柳葉說得那麼誇張。躊躇了一下，才道：「那妳說怎麼辦？」

「想要比賺錢，當然是要規定好本錢和時間，同本錢、同時間的條件下，賺得多的，那才是真本事。」柳葉想了想。「這樣吧，今日收攤後，我們一起去找端睿大公主，由她估價，貨品本錢不得超過五百兩。明日我們就各憑手段，看誰能把這五百兩的東西賣出更高的價錢。」

「好，一言為定。」

「如此，我先走了，晚些時候再見。」柳葉揮揮手，這回是真的走了。

回到自家攤位，問雪不免有些擔心地問道：「姑娘，這可如何是好？莫姑娘肯定會拿出些稀罕東西來的，像有些收藏品，雖然表面價格不高，可若是碰到喜歡的人，即使明知道價格貴，也會願意出高價買。」

「那又如何？問雪啊，人其實是一種很奇怪的生物，平時一兩銀子都嫌貴的東西，換了個銷售方式，十兩銀子妳都會搶著要。」柳葉滿不在乎，還有興致教導問雪生意經。

「這怎麼可能？誰會那麼傻，花十倍的價格買東西？」問雪疑惑。

「這只是打個比方。十倍沒有，兩、三倍還是可以輕鬆做到的。這次，咱們就好好地來辦一次拍賣會，正好可以給香水新品打廣告。」

「真的？拍賣會是什麼？」

「拍賣會是賣東西的一種手段，明日妳就好好看看，妳家姑娘是怎麼賺錢的。」柳葉拍了拍問雪的肩膀。「現在，來幫姑娘我幹活吧！」

「是。」

沒一會兒，柳葉就在自家攤子前立了個醒目的大牌子，上書：明日巳時二刻，我店將推出卿本佳人最新香水兩瓶，此次新品香水，年供十瓶。採取公開競價的方式買賣。

柳葉也不再在攤子上逗留，直接回了府，親自書寫一疊帖子，把拍賣會的時間、地點，以及拍賣的物品通通介紹清楚，再差人火速把帖子送去京中有權有勢還有錢的大戶人家裡。

第一百一十四章　來場拍賣吧

至於拍賣的香水新品，柳葉老早就開始籌劃了，若不是今日趕上了，最遲下個月也是要找機會推廣出去的。

這次的香水是新研發的，融合茉莉與玫瑰的花果香調。柳葉特意託司徒昊幫忙買了幾個玻璃小瓶，還給香水取了個「邂逅柔情」的名字，就是想狠狠地賺上一筆。

義賣會的最後一天很快就來臨了。正如問雪所料，莫欣雨拿出來的東西，都是具有收藏價值的物品，一幅前朝名家字畫就估價三百兩，還有一件玉石手玩，小小巧巧的一隻知了，雕工精細，雖是當世之物，卻是養得極好，沒個十幾年的工夫養不出這樣的成色。端睿大公主保守估價二百兩。

柳葉拿出的，當然就是兩瓶香水——邂逅柔情。目前卿本佳人鋪子中最貴的香水是一瓶一百五十兩，端睿大公主就是參照這個價格估價的，再加上玻璃瓶，估價三百六十兩。

柳葉想了想，又加上一瓶已經發售的普通香水，勉強湊成五百兩的總價。

柳葉也沒去在意莫欣雨是怎麼賣她那兩件東西的。今天的她，特意打扮了一番才出門，整個人顯得幹練，精氣神十足。

柳葉用來畫畫的那個攤子已經連夜拆除了，搭了一個小型的高臺，來不及畫背景牆，只能用帷幔裝飾，再在高臺上點綴些花卉，所幸整體效果還不賴。

當然，為了不使花香影響香水的香氣，柳葉用的都是仿真花。

已時還沒到，高臺下的二十張小椅上已經坐滿各府的大、小主子們。至於那些來晚的，或者沒收到帖子不請自來的，只能站著參加拍賣會。

今天的拍賣會，柳葉親自上陣。尋梅和問雪一人托著一個托盤跟在柳葉身後，托盤上各放著一瓶邂逅柔情。

「諸位夫人、小姐們！」上了臺的柳葉也不廢話，直切主題。「首先，謝謝各位賞光，來參加今天的拍賣會。想必大家都知道，這次的拍賣物品是什麼。沒錯，就是香水，還是卿本佳人最新研發的混合香水。但是對於這次的銷售方式，大家肯定還有疑惑，首先，就讓我們拿一瓶普通香水來示範一次！」

柳葉說完，向臺下一招手，一個丫鬟手托一個瓷瓶上臺。

柳葉繼續介紹道：「大家都看到了，這是一瓶卿本佳人在售的紫丁香香水，售價一百八十兩。想必在座不少夫人、小姐們，還在為沒能搶到每月的那十瓶香水而鬱悶不已吧？現在，我手上就有這麼一瓶出售。那我們要如何才能買到這瓶香水呢？就容我來給大家仔細介紹一下吧！」

說著，柳葉走到高臺上的小桌邊站定，拿起桌上的一個小錘子，道：「首先，我會給這瓶待出售的香水設一個底價，有購買意願的人可以用這個標準往上加價，等我敲響這個銅鈴，加價結束，價高者得。好了，開始吧！紫丁香香水，底價一百兩，每次加價不得少於十兩，現在請各位出價吧！」

臺下眾人面面相覷，過了好久，就在柳葉以為要冷場的時候，一個小姑娘怯怯地報了個「一百兩」的底價。

「一百一十兩！」人群中的南宮雪立刻高聲加價。

「一百二十兩！」藍若嵐推翻了南宮雪的價格。

「一百四十兩！」南宮雪繼續加價。

其實，南宮雪和藍若嵐是柳葉找來的走路工，就是為了讓大家熟悉拍賣流程。這不，喊價沒幾輪，就有人懂了拍賣是怎麼回事，也加入了喊價的隊伍。

「一百五十兩！」

「一百八十兩！」

「木姑娘出價一百八十兩！有沒有比這更高的？」柳葉連著喊了幾次，發現沒人再加價，「叮」地敲響銅鈴，高喊一聲「成交」。

隨著柳葉一錘定音，捧著香水的丫鬟緩步來到那位木姑娘跟前，當場交易，錢貨兩訖。

自此，眾人才算徹底明白拍賣會的流程，一個個眼神發亮，盯著臺上尋梅、問雪手上的那個玻璃瓶。

透明的瓶子裡裝著粉色的液體，在陽光的照射下，閃著誘人的光暈。

柳葉的聲音適時響起。「這就是卿本佳人最新研製的混合香水，它融合了……」

柳葉把邂逅柔情介紹了一遍，用詞華麗煽情，還取過其中一瓶，當眾噴了幾下，讓大家能真切地感受到新型香水的魅力。

「這次的邂逅柔情，年供十瓶，這次只拍賣兩瓶，至於下次什麼時候才能買到，或許是七夕，或許是重陽，也或許要到過年。所以，喜歡這款香水的美女們，趕緊行動吧，報上你們的競價！現在開始拍賣第一瓶香水，底價二百五十兩，每次加價不得低於十兩。」

「三百兩！」

「三百五十兩！」

「四百兩！」

這次的拍賣，眾人興致高昂，直接五十兩地往上飆。

「八百兩！」

「上官夫人出價八百兩，有沒有比這更高的？」柳葉大聲問。

第一百一十五章　義賣結束

「八百五十兩！」

「邢夫人出價八百五十兩了，有沒有更高的？八百五十兩一次，八百五十兩兩次！」柳葉一邊喊著，一邊舉起手上的小錘子就要去敲那銅鈴。

「八百八十兩！」

「八百八十兩！上官夫人出價八百八十兩了！還有沒有更高的？」

「九百兩！」邢夫人又加了二十兩，還狠狠地瞪了上官夫人一眼。這兩人鬥價已經有一段時間了，明顯都已經懟上頭了。

柳葉叫喊得更加賣力。「邢夫人出價九百兩，還有沒有更高的？」說話間，還拿著小錘子掃了場下眾人一圈，特意在上官夫人的方向多停留了一會兒。

「九百兩一次，九百兩兩次，九百兩三次，成交！」奈何上官夫人沒有再跟邢夫人互懟，第一瓶邂逅柔情便以九百兩的價格被邢夫人買走。

有了第一次的經歷，而香水也只剩最後一瓶的情況下，第二瓶香水拍賣的時候，眾人的叫價就更加凶了，幾回合就破了千兩大關，最後以一千三百兩的高價被人買走。

至此，柳葉的三瓶香水賣出了驚天高價，而莫欣雨的兩樣東西，最終只賣出了八百兩。

雖然莫欣雨輸了，可柳葉還是挺佩服她的，本就是依照市場價估價的東西，還能被她多賺了三百兩銀子，也著實不容易。

而為期三天的義賣會，也在人們對天價香水的議論紛紛中圓滿結束了。所得款項在端睿大公主和京兆尹的監督下，全數換成米糧，救濟災民。

而柳葉這次的天價香水，竟然破天荒地沒有一人非議，更不要說有御史彈劾了。朝中言論風向出奇一致，都是對義賣救災義舉的讚揚之詞，而作為捐款數額最大的幾家之一，柳家也是被提名著重表揚的一家。

朝廷都表揚了，餘下眾人就更不敢有異議了。

柳葉更是在心中默默給莫欣雨點了個讚，若不是她提出要比賽，她也不會靈光乍現，想到在義賣會上拍賣新品香水的事。現在多好，不但香水的定價遠超自己的預想，最重要的是，如此高價，自家不但沒有招來非議，還得到一大波的好評。

天價香水的消息傳到怡王和夏玉郎耳中時，兩人又是一陣咬牙切齒，在背後把柳葉罵了個狗血淋頭。

這頭，柳葉正在西市指揮著下人收拾東西。架子要拆、桌椅要回收、沒賣完的物品要歸類收攏……就連玄十一，也被柳葉逮住，在現場忙碌著。

「啊——」突然一聲尖叫傳來，原來是桃芝踩著凳子上去拆除帷幔時，一時沒站穩，從凳子上摔下來了。

「小心！」一聲音發出的同時，一道人影似瞬移般出現在桃芝身邊，將將接住了要摔倒在地的桃芝。

只是這姿勢……著實有些曖昧啊！夕陽餘暉柔和，微風徐徐，粉色帷幔隨風起舞。玄十一與桃芝以公主抱的姿勢立在當場，只是一邊那倒地不起的凳子有些煞風景。

「你、你快放我下來！」最先反應過來的桃芝，紅著臉掙扎著，聲若蚊蠅。

「哦……喔！」玄十一的臉一下漲得通紅，連脖子都紅透了，小心地放下桃芝，也不說話，同手同腳地就下了高臺。

「欸，謝謝你。」桃芝叫住玄十一，向他道謝。

「沒、沒關係。」玄十一已經語無倫次了，連頭都不敢回，轉眼就跑沒影了。

嘖嘖，這兩人之間……怎麼聞到了滿滿的曖昧啊！柳葉把一切盡收眼底，正想上去調侃桃芝幾句，玄十一又回來了，迅速地扯下高臺背景牆上的帷幔，塞到桃芝手上，低著頭，目光游離，就是不敢看桃芝一眼。

「下次、下次再有這些事情，別自己動手，喊我來做。」玄十一紅著臉，努力把話說完，咻的一聲又跑沒影了。

柳葉不禁抹額。小伙子，就你這樣咻來咻去的，都不敢面對對方的害羞樣，還怎麼脫單啊？柳葉突然覺得，自己肩上的責任好大。

忙忙碌碌間，終於在天黑前完成了所有工作，馬車拉著一堆東西回到了柳府。

柳葉隨手一指馬車上的幾個匣子，說道：「桃芝姊，把這幾個匣子搬回後院去。十一，你去幫忙。」

「啊？我……我……」玄十一看了眼桃芝，結結巴巴地開口，耳尖紅紅的，顯然又害羞了。

「快去，那麼多東西呢，難道讓一個女孩子搬不成？」柳葉故意面色一沈，柳眉倒豎。

玄十一只得乖乖地搬起幾個匣子，跟著桃芝往後院去了。

「這是怎麼了？十一做錯事了？」剛到柳府門口的司徒昊俐落地跳下馬，正好看到柳葉面帶薄怒，訓斥玄十一。

「哦，你來了。」柳葉笑著朝司徒昊眨眨眼睛。「沒事，十一很聽話。」

「那妳這是……」司徒昊指指漸行漸遠的兩人，疑惑地問道。

「哦，這個啊，今天我發現一件很有意思的事情，突然想當回紅娘牽牽紅線了呢。」柳葉笑得賊。

司徒昊看了看玄十一與桃芝，問道：「妳是說他們倆？臭丫頭，妳確定他們兩人之間……」司徒昊意有所指地望著柳葉。

第一百一十六章　做回紅娘

「嘿嘿，你等一下，看我的。」柳葉拉了拉司徒昊，突然對著前方的玄十一喊了句。

「十一，我們桃芝姊漂不漂亮？」

「漂亮。」玄十一下意識地應了一聲。

「那你喜不喜歡啊？」柳葉沒給玄十一反應的機會，緊接著問他。

「喜……」玄十一才說出一個字，突然就反應過來，轟地一下，滿臉通紅，呆立當場，再也說不出話來。

「瞎說什麼呢？」桃芝瞪了玄十一一眼，然後回頭嬌嗔道：「姑娘～～」跺跺腳，害羞得掩面而逃。

玄十一看看柳葉和司徒昊，又看看遠去的桃芝，不知道該怎麼辦才好。

「傻小子，還不快追。」走過來的柳葉推了玄十一一下。

玄十一似如夢初醒，拔腿就要追。

「欸，把東西放下。」柳葉暗自抹額。

「哦哦。」玄十一趕緊把手上的幾個匣子往柳葉懷裡一塞，急急地追桃芝去了。只是他跑步的姿勢，怎麼看怎麼彆扭。能不彆扭嗎？都同手同腳了。

「壞丫頭，什麼話都敢亂說，萬一他們倆之間沒有那個意思，妳還瞎問，看妳怎麼收場。」司徒昊順手拿過柳葉捧著的幾個匣子，跟著柳葉往內宅走去。

「要是沒那個意思，我就想辦法讓他們有那個意思。只是這件事，還得好好合計合計。喂，向你討個人唄！」柳葉捅捅司徒昊的腰。

「說吧，又看上誰了？」司徒昊停住腳步，寵溺地看著柳葉。

「就是十一啊！他若是真想與我桃芝姊成就好事，這個暗衛是肯定做不了了，我是不會允許我桃芝姊姊有個不能顯現在人前的丈夫的。」

「嗯，暗衛也是不允許成家的。妳既然想當這個紅娘，回頭我就跟玄一說一聲，撤了十一的職務，以後他的事，就全由妳作主吧。」司徒昊一點猶豫都沒有就答應下來了。

培養暗衛不易，十幾年了，在老皇帝的默許和暗中幫助下，司徒昊也只得了十個暗衛，按編號取名，從玄二到玄十一。現在就因為柳葉的一句話，一個優秀的暗衛就這麼棄「暗」投「明」了。

之後，柳葉又暗中觀察了一段時間，越看越覺得桃芝與玄十一這兩人之間有戲。

於是，找了個時間，柳葉喚來了玄十一，打算正式與他談談婚姻大事。

引嫣閣一樓小客廳內，柳葉端坐主位，以一副長者的語氣對站在下首的玄十一說道：「十一啊，你也老大不小了，是不是該考慮考慮你的終身大事了？」

玄十一猛地抬頭看了眼柳葉，又迅速低下頭，恐慌地開口：「主、主子，暗衛有規矩，不能成家的。」

「哦？你既然知道這個規矩，那為什麼還要去撩撥我桃芝姊呢？你這是明知故犯了？」柳葉柳眉一豎，厲聲問道。

「我、我……」玄十一撲通跪下，不知道該怎麼回答。

「我什麼我？明知故犯，罪加一等，你這就自己領罰去吧！」

柳葉處置玄十一的話音剛落，旁邊屏風後就響起什麼東西打翻的輕響。

柳葉微皺了皺眉，今天的談話，她特意支開身邊伺候的人，那躲在屏風後偷聽的……

玄十一卻是耳朵微動，接著像是突然開竅般，對著柳葉一拜到底。「主子，這都是我的錯，不關桃芝姑娘的事，是我知法犯法。可我是真心喜歡桃芝姑娘的，求主子恩典。」

「可是，暗衛是不能成家的，這是規矩。」看著跪伏在地的玄十一，柳葉故意把「暗衛」兩字咬得很重。

「那……求主子恩典，我不做暗衛了。我喜歡桃芝，我會一輩子對桃芝好的，一輩子只對她一個人好。主子……」玄十一一直保持著額頭觸地的姿勢，真誠地懇求著。

「擅自脫離組織，這個罪責更大吧？」柳葉故作漫不經心地問道。

「主子……」玄十一都要哭了，本就不擅言辭的他，只能一遍遍地磕頭，乞求自家主子能成全他的一片心意。

看著這樣的玄十一，柳葉莫名地鼻子發酸，竟是被感動到了。

玄十一可以說是個武學奇才，年紀輕輕就通過了層層考核，成為司徒昊身邊最年輕的暗衛。只要再十年、二十年，到時候從暗衛的位置上退下來，以司徒昊善待屬下的個性，博個大好前途也不是不可能。

可現在為了心愛的姑娘，玄十一寧願背負最嚴厲的責罰，也要向主子乞求，希望主子能成全他的一番心意。

柳葉對玄十一的表現很滿意，笑著對他說：「看在你對我桃芝姊一片真心的分上，起來吧！從今以後，你不再是我的暗衛，而是我柳府的一名普通護衛。至於你和桃芝姊的事，還需你自己努力，若是桃芝姊答應嫁給你，我就為你們作主，操辦婚事。」

「是，謝主子恩典！我、我一定努力！」聽到柳葉的話，玄十一激動得又連連磕了幾個頭。

「下去吧，回去準備準備，明天正式到侍衛處報到。」

遣走了玄十一，柳葉沒好氣地對著屏風喊道：「出來吧！」

躲在屏風後偷聽的桃芝亦步亦趨地挪了出來，眼睛紅紅的，輕聲喊了句：「姑娘。」

柳葉憋住想要調侃桃芝的慾望，輕咳一聲，端正神色，問道：「桃芝姊，剛才玄十一的話，妳也聽到了。現在我問妳，妳對他是否也有好感？若讓妳嫁給他，妳是否願意？」

「我……」

「不用急著回答我。」桃芝剛要開口說話，柳葉就打斷了她。「回去後好好考慮一下，婚姻大事，不能兒戲，何況女子，在婚事上更要慎重。」

桃芝臉蛋紅撲撲的，強忍著害羞，說道：「姑娘，要是昨天您這樣問我，我或許還會猶豫。但剛才看了十一的所言所行，我覺得我不應該再有所猶豫。我願意嫁給十一，還請姑娘成全。」

「既如此，那我便做了這紅娘，明日就去跟芸姨說這件事。」正事說完，柳葉就開始衝著桃芝擠眉弄眼起來。「桃芝姊，老實交代，妳跟玄十一是什麼時候搭上的？」

「姑娘！」桃芝嬌嗔一聲，一跺腳，頂著個紅蘋果似的臉蛋就跑出去了。

第一百一十七章　研製玻璃

既然兩人郎有情、妾有意，柳葉也不耽擱，親自去了一趟芸娘家裡，把自己的打算說了，老胡和芸娘都很滿意。

本來他們還在為桃芝的婚事發愁，畢竟這些年耽擱下來，桃芝的年歲已經大了。雖是良家子，可家中的如意坊說到底還是柳葉的產業。桃芝作為大齡剩女，又沒有豐厚的嫁妝，本身又跟著柳葉見過世面，在婆家的選擇上就有些高不成低不就起來。

如今，有王爺和柳葉作主，玄十一又是知根知底的人。而且柳葉也說了，以後玄十一雖不能做暗衛，卻還是柳葉身邊的一等侍衛，先跟著侍衛頭領學習處理事務，日後是要接侍衛頭領的班的。

敲定了桃芝和玄十一的婚事，柳葉就放桃芝歸家繡嫁妝去了。兩人的婚期定在今年冬日，算算也沒幾個月了。

桃芝離開柳府時，柳葉把那套桃花頭面和幾疋珍貴布料送給了她。其中有一疋大紅妝花緞，是柳葉特意挑出來，最適合繡嫁衣了。

自從前段時間把甜品屋加盟店的消息散播出去後，柳葉特意給自家的甜品鋪子取了個新名字——甜心時光。到目前為止，已經有了十六家加盟店。其中，京城東西南北四市各一家、四方鎮一家，其他的都分布在別的州府縣城中。

如意坊、卿本佳人都有不同程度的擴張，各自在其他州府開設了分店。

這日，柳葉又找出她穿越初期整理出來的那本筆記，裡面有針對製作玻璃的詳細方法。可光憑這些筆記，是沒辦法製作出玻璃來的。

「想什麼呢？這麼出神。」司徒昊一進來，就看到神遊天外的柳葉，本想背後偷襲，戲弄她一下的，可臨了還是心疼，怕嚇著她，只是溫柔地開口喊她。

「哦，你來了。」柳葉聽到聲音，從思考中回神，把手中的筆記一丟，意興闌珊地趴在桌上。「唉，想賺錢，可是寶寶做不到啊！」

「又有什麼點子了？」司徒昊好笑地摸了摸柳葉的頭，順手拿起被她丟在一邊的筆記看了起來。

這一看，不由得面露詫異，驚聲問道：「妳會製玻璃？」

柳葉懊惱地拍著桌子。「不會啊。」

司徒昊又仔細看了看筆記上寫著的玻璃生產工藝，疑惑地問：「可妳這上面寫的……不就是玻璃的製作方法嗎？」

「哎呀！」柳葉搶過筆記，指著上面的第一條說道：「這個沒什麼用啊，不知道配比，怎麼燒製玻璃？」

「笨丫頭，又犯傻了。」司徒昊笑著輕拍了柳葉的頭一下，繼續道：「妳做香水的時候，知道配比了？妳研發脫水蔬菜的時候，是一次成功的？任何事情，只要知道確定的方向，堅持下去，遲早都會成功的。」

「……」柳葉繼續趴在桌上裝死。

司徒昊無奈地笑了笑，拉過椅子坐在柳葉旁邊。「妳看，這上面寫的，原料和流程已經很清楚了，至於具體的配比，也就是多試幾次、多燒幾爐的事。怎麼樣，要不要我幫妳找些人來研究？」

柳葉一聽司徒昊要幫她找幫手，立刻興奮起來，坐起身來道：「你那邊有專業人士？」

「沒有，但是近年來將作監每年都有研製玻璃這一項的支出，雖然迄今為止，他們的成果遠遠比不上這紙上寫的這些，但是，總還是有些心得的。」

聽了司徒昊的話，柳葉又洩了氣。「將作監啊，那要是研究出來了，我這玻璃生意，又要被皇家給剝削了。」

「妳整個人就快是皇家的了，還在乎這幾成股份？」司徒昊說著，還捏了捏柳葉的臉蛋。

「哎哎哎！痛……」柳葉狠狠地瞪了司徒昊一眼，揉著臉道：「聖旨呢？沒賜婚聖旨，你娶得了我嗎？再說了，我有答應要嫁給你嗎？」

司徒昊的臉一下就垮了下來，滿臉愧疚地道：「葉兒，對不起，都這麼久了，我還是沒能說服父皇讓妳做我的正妃。我……」

柳葉趕忙抓住司徒昊的手，與他十指相扣。「好了、好了，我沒有別的意思，就是跟你開玩笑呢，誰讓你捏我臉來著。至於結婚，我們現在這樣也挺好的，每天刷刷戀愛日常，婚後可就沒這種戀愛時的甜蜜了。」

「葉兒，謝謝妳，這麼多年了，一直相信我，一直無怨無悔地等著我。我司徒昊以我已故的母妃發誓，此生定不負卿，唯娶妳一人。」司徒昊眼眸深深，神色認真地發下誓言。

柳葉對上司徒昊的眼睛，也是無比認真地道：「我柳葉也對天發誓，若你不負我，我此生亦不負卿。」

「葉兒……」司徒昊起身，把柳葉緊緊擁進懷裡。

之後沒幾天，司徒昊就帶了幾個人來跟柳葉碰頭，研製玻璃的工作正式提上日程。

第一百一十八章　又見刺客

柳葉在自家京郊的莊子選了個地方，搭圍牆、建窯，開始嘗試燒製玻璃。裡面的人除了兩個是柳府的下人外，其他全部由皇帝指派。柳葉也開始頻繁往來窯場和柳府之間。

只要一有空，司徒昊就會陪柳葉一同前往窯場。

裕王收到這個消息時，眼中陰狠之色閃現，匆匆地去怡王府找怡王商議。

他們想除掉司徒昊的念頭不是一天、兩天了，只可惜司徒昊身邊能人頗多，且他一直待在京城。京城重地，天子腳下，他們也不敢太過囂張，一直不敢有大動作，而小打小鬧又傷不到司徒昊，正發愁著呢。

現在好了，司徒昊自己作死，頻繁地往城外跑。天賜良機，這次定要一舉除了這個礙眼的家伙。

這日，司徒昊與柳葉兩人從窯場回來。由於近日玻璃的研製工作比較順利，兩人心情極好，雙人一騎，也不讓人跟著，閒庭信步般地行在回城的途中。

雖是夏天，酷熱的氣息卻被剛剛下過的一場雨給沖了個乾乾淨淨，又是傍晚時分，時不時吹過的輕風，帶來陣陣泥土的清香……

好吧，其實是馬背上的兩人心情太好，泥濘小路也成了康莊大道。

柳葉倚在司徒昊的懷裡，兩人誰都沒有開口說話，任由身下白馬隨興而為。或快跑，或漫步，時不時吃上幾口青草。

歲月靜好，說的大概就是這樣的情景吧？

忽地，一聲破空聲傳來，司徒昊下意識彎腰俯身，柳葉被他緊緊壓在馬背上。

一枝箭矢貼著司徒昊的後腦勺就這麼飛了過去，削斷幾縷黑髮，在空中飄散。

柳葉瞪大眼睛，張著嘴，卻是說不出一個字。又是暗箭傷人，驚駭、恐懼……各種負面情緒充斥全身，柳葉整個身體不受控制地微微顫抖起來。

當初的那場刺殺又出現在眼前，柳葉彷彿又看到那渾身是血、倒在雪地裡的屍體，有護衛的，也有殺手的，每個人臉上都帶著無限的不甘。

「別怕，有我在。」司徒昊鎮定的聲音在柳葉耳邊響起，似有魔力一般，沖散柳葉心中的不安與害怕。

她慢慢地睜開眼睛，觀察周遭的情況。

只見二十幾名黑衣刺客各自施展身手，從各個方向飛掠而來，形成包圍之勢。人雖不多，那股肅殺之氣卻壓抑得人透不過氣來。

再看己方，玄六和司徒昊身邊的兩名暗衛已經不知何時出現在眼前，加上司徒昊，四對二十，還有自己這個拖累，形勢嚴峻。

柳葉不禁暗恨，都是因為自己不喜下人跟隨的臭毛病，才會陷入這危險的境地，不然以司徒昊的身分，身邊帶十幾個護衛，還有哪個刺客膽敢上前行刺？

「主子快走！」三位暗衛中的其中一人，緊盯著飛速而來的黑衣刺客，頭也不回地喊了一句。

咻！

又一聲破空聲響起，柳葉兩人所騎的白馬應聲倒下。司徒昊反應迅速，一把抱起柳葉，在空中打了個轉，穩穩地落在三名暗衛中間。

柳葉雙手緊握成拳，緊盯前方，眼睛眨都不敢眨一下，心中一遍遍給自己做心理建設。

「放信號，通知侍衛們過來。」司徒昊眼睛微瞇，沈聲指揮。

一名暗衛的手往懷中一摸，手中已經多出一枚小小的信號彈，「噗」的一聲，一朵豔紅的火花已經竄空而起。

見到對方放了信號彈，黑衣刺客們不但毫不退縮，腳下動作更是快了幾分，幾乎是在火花沖天的同時，雙方已經交上了手。

一時間，兵器碰撞聲響起，偶爾夾雜著刀刃劃破物體的輕響。雙方人馬，不管是誰，都用全副精力應對敵人。

就是柳葉，也是生生地把即將脫口而出的尖叫聲死死壓在喉嚨口，生怕自己這一出聲，讓己方的人分心。她一隻手被司徒昊緊緊握著，隨著司徒昊的動作，忽而前衝，忽而左閃。

看著眼前不斷晃動的人影，身體不斷地踉蹌著，柳葉的心卻是莫名地安定下來。因為她知道，不管形勢多危險，眼前這個人，無論如何都會護著她的。

眼睛有些澀澀的。柳葉狠狠一閉眼，即使是拖累，她也要把這個拖累的程度降到最低。

順王府出來的暗衛，果然是個頂個的高手，幾人對戰得雖然吃力，卻也不至於落敗，竟然還能令敵人時不時地受個傷、掛個彩。

可是刺客勝在人多，在連續倒了三名黑衣刺客後，不遠處竟又有新的刺客加入戰局，可司徒昊這邊的援軍卻還未到。

就在黑衣刺客越來越多的時候，對方似乎還嫌不夠，雪上加霜的事就這麼發生了。

咻咻咻！

連續的破空聲響起，對方竟還在遠處埋伏了弓箭手。看樣子，那弓箭手也是有幾把刷子的人物，飛來的箭矢又快又準，直衝著司徒昊和柳葉兩人而來。

「玄三，去把那邊的弓箭手解決了！」司徒昊又一次揮劍挑落一枝箭矢，對其中一名暗衛下命令。

「是。」收到命令的玄三不再跟對手纏鬥，邊戰邊退，很快就脫離了戰圈，往箭矢飛來的方向疾馳而去。

而黑衣刺客也是目標明確，看到玄三退去，也不多加阻攔，集中人手，更加凶猛地往司徒昊攻來。

由於玄三的退出，剩下幾人的壓力立增。面對壓力，兩名暗衛也是訓練有素，迅速向司徒昊靠攏，三人分三角站位，隱隱圍成一個小圈，把柳葉護在中間。

噗！

一聲很輕卻異常清晰的聲音在柳葉耳邊響起，玄六的右腿根部出現一片刺眼的殷紅，幸虧他閃得及時，不然這一刀就要沿著他的腹部劃過去了。

根本沒時間處理傷口，玄六緊了緊握劍的手，反手回刺對方，一名黑衣刺客應聲倒地。司徒昊這邊，戰況越來越激烈。黑衣刺客已有數人或傷或死，失去了戰鬥能力。玄六兩人也相繼受傷，連司徒昊都在一次掩護柳葉的過程中躲避不及，左手臂上掛了彩。

可援軍卻是遲遲未到。

玄三那邊，似乎也不順利。那弓箭手一看有人衝著他去，立刻行動起來，轉移位置。玄三與那人的速度不相上下，一個追，一個逃，竟然隱隱展現出相持之勢。

後來玄三不知耍了什麼手段，露了個破綻出去，弓箭手上當，舉弓就是一箭射出。玄三趁著弓箭手停步的間隙一個輕功上前，兩人終是纏鬥在一起。可是，那已經射出的箭矢卻直直地朝著司徒昊後背而去。

司徒昊與兩名暗衛以一敵多，已是非常吃力，竟沒有一人注意到這枝箭矢。而唯一注意到這點的柳葉，卻是個手無縛雞之力的，根本沒法子擋住這疾飛而來的箭。

本能的，柳葉跨出一步，身體擋在司徒昊與箭矢之間。

一聲悶哼，箭頭深深刺入柳葉的左肩，箭矢的力道使得柳葉踉蹌一步，身體撞上司徒昊的背。

察覺到不妥的司徒昊轉頭一看，整個人都不好了，顧不得左臂上的傷，一把攬過柳葉，沈聲道：「堅持一下。」

「嗯。」柳葉輕聲應答，給了司徒昊一個安心的微笑，雙手伸出，環住了司徒昊的腰。

司徒昊右臂揮舞，手中長劍劍勢更猛，轉眼間，已有幾名黑衣刺客不同程度地受了傷。

此時的柳葉，竟然還有心情開玩笑，嘴角扯出一個難看的笑容，對司徒昊道：「司徒昊，幫我把箭矢拔了吧，看著怪瘆人的。」

司徒昊卻不敢貿然拔箭，雖然他明確知道這一箭並沒有傷到要害，可這一箭傷在柳葉身上，他只感覺無比害怕。沒有大夫在場，他無論如何也不敢隨意拔箭。

可那長長的箭桿，也深深刺痛了司徒昊的眼。

「忍著點。」話剛說出，已經一劍出手，箭矢應聲而斷，只留下短短的一截還插在柳葉肩膀上。

「呼，這下好多了。」柳葉長吁一口氣，頓感輕鬆，連傷口的疼痛都感覺不到了。

司徒昊心疼地看了柳葉一眼，反手一劍擋住黑衣刺客的攻擊，又一次開啟殺神模式，出手狠厲，招招不落空。

弓箭手的近戰格鬥能力實在一般，被玄三近身的他，沒支撐幾下就不甘地倒在了玄三的刀下。玄三也不耽擱，直接殺了個回馬槍，衝進戰圈，與司徒昊等人會合。

與此同時，不遠處數騎飛馳而至，司徒昊的援軍終於趕到了。眾侍衛們一到就立刻加入戰鬥。

「王爺！」

司徒昊劍花翻飛，挑飛一個黑衣刺客，看都不看侍衛頭領一眼，冷冷地拋出一句。

「殺，一個不留！」

「是！」眾侍衛齊聲應是。

一時間，刀光劍影，沒了人數優勢的黑衣刺客們很快敗下陣來。眾侍衛嚴格執行命令，通通擊殺，沒有留下一個活口。

戰鬥接近尾聲，司徒昊不再停留，一把抱起柳葉，翻身上馬，往京城方向飛馳而去。侍衛們很自覺地分出一部分人員，打馬急追。侍衛頭領則留守現場，處理收尾。

傷口的劇痛襲來，刺激得柳葉幾近昏厥。

「司徒昊……我想睡了……傷口真的好痛……或許睡著了……就感覺不到痛了。」柳葉一邊吸氣，一邊說話，身體還往司徒昊身上靠了靠。

司徒昊眼睛一瞇，不由自主又抱緊了幾分，顫抖著聲音道：「葉兒，堅持住，已經看到城門了，一會兒就有大夫了，堅持住。」

雙腿一夾馬腹，直接無視城門口的守衛，一騎當先，衝過城門，向著順王府的方向飛奔而去。

幾名親衛緊隨其後，揚起一地塵埃……

——未完，待續，請看文創風790《棄女翻身記》3（完）

2019年8月出版

廢柴福妻

文創風 778～779

廢柴如她，雖然淪落到做工還債，
但姑娘家的骨氣，她絕對有——
不是誰想吃，就能吞下肚的！

馭妻有術 緣到擒來／龍卷兒

一覺睡醒便置身偏僻山村，還是被好賭的爹賣給人家當媳婦?!
渾身狼狽的洛瑾嚇傻了，苦苦哀求買主莫家放她一馬，
孰料人家的兒子根本瞧不上她，又不能白白放人，只好留下來幫傭抵債了。
可是……出身小戶千金的她完全沒碰過農活，堪稱廢柴一枚啊！
沒關係，她努力學，她會洗衣煮飯、燒火撿柴，外加繡花抄書寫春聯，
凡能生財的活兒絕不放過，總能掙夠銀子，把自己贖出去吧。
不過，這般做小伏低，竟又引起莫家次子莫恩庭的注意，
這個埋頭苦讀、原本要當她夫君的男子，不是挺嫌棄她的嗎？
如今卻將逗她當成日常樂趣，不看她臉紅心跳不罷休？
還在她出門做工被主家惡少欺負時，第一個跳出來護著她。
唉，她是廢不是呆，這下錢債未清，桃花債又來，要怎麼招架啦……

相見情已深　未語可知心／陌城

2019年9月出版

醫女出頭天

別人穿越都是吃香喝辣，日子過得好不快活，
怎麼輪到自己就倒楣透頂、令人傻眼啊？
一個嚴重營養不良、看起來隨時會掛掉的黃毛小丫頭?!
她居然還能淡定沈著地面對，已經算是厲害了吧？
雖然接了副爛牌，可她絕對會努力開創她的燦爛人生！

文創風 780 **1**

不就是腳打滑，摔進山谷裡嗎？這就穿越了？姚婧婧簡直無語問蒼天啊！
好，穿就穿了，她也不求大富大貴，或是身分背景多麼厲害，
但……穿成一個小農女，甚至還吃不飽、穿不暖的，這分明是坑她吧？
所以說，她若不好好想些法子賺錢，這日子還怎麼過啊？
幸好她前世多才多藝，光繪畫就學了十來年，還有個愛蒐集珠寶的姑姑，
因此，什麼珠寶首飾設計圖她是信手拈來，每張都能賣上不少錢，
雖說這錢賺得很容易，但無法久長，畢竟她前生見過的珠寶首飾有限，
看來還是得想些其他賺錢門路，要不，就走回她的老本行，從醫去？

文創風 781 **2**

姚婧婧在現代雖是個精湛的外科醫師，但想要在古代行醫動刀卻有難度，
畢竟男女大防擺在那兒，女子成天在外拋頭露面還與人有肢體上的接觸，
她擔心自己尚未賺得盆滿缽滿、名動天下，就先被人抓去浸豬籠了，
何況想要大紅大紫到病患慕名上門求診的地步，短時間內並不易達成，
還好在中醫方面她也算是個極厲害的人才，因此她決定雙管齊下——
默默行醫打出知名度，並靠著大面積栽植高價中藥草來販賣攢錢。
不料，在即將收成的那天，她家的金線蓮竟全讓殺千刀的歹人偷光了！
敢斷她財路？她定要讓對方哭爹喊娘、求爺爺告奶奶，後悔惹到她！

文創風 782 **3**

真沒想到，她不過是去一座千年古寺上香罷了，也能被人挾持？
更沒想到的是，替對方療傷後，他竟看上她的獨門傷藥，開口跟她下訂單，
這簡直是天上掉餡餅的好事，誰拒絕誰是笨蛋，姚婧婧二話不說地應下，
不料事後他連診金都沒付，只留下一塊「破爛鐵片」就消失不見了！
哼，這傢伙根本是在耍她，就別再讓她遇見，否則定要讓他好看！
哪知兩人像有孽緣似的，還真的又碰見了，可她卻不能拿他怎樣，
因為，他竟是那個浪蕩不羈、風流成性出了名的紈袴郡王蕭啟！
話說回來，怎麼都沒人發現這個閒散郡王其實不若表面上看來的平庸呢？

文創風 783 **4** 完

姚婧婧和蕭啟歷經波折與分合，好不容易互訴情衷了，
可她一覺醒來竟被人捉姦在床！這也太刺激狗血了點吧？
而且案發現場的「姘夫」居然還是她心愛男人最信任的屬下！
她明顯是遭人設計了，但凌亂的床、衣衫不整的兩人，她根本百口莫辯，
然而，蕭啟不僅沒有責備她、嫌棄她，反倒還承諾會一直陪著她，
他甚至當場揪出陷害她的壞心人予以懲治，還她清白，
嗚～～有個郡王相伴，又憑著自身醫術站穩腳跟，還被冊封為第一藥商，
看來她這個小小醫女總算苦盡甘來，要出頭天了啊！

文創風
789

棄女翻身記 2

國家圖書館出版品預行編目資料

棄女翻身記 / 慕伊著. --
初版. -- 臺北市 : 狗屋, 2019.10
冊 ; 公分. --(文創風)
ISBN 978-986-509-046-3(第2冊 : 平裝). --

857.7　　108015636

著作者　慕伊
編輯　王冠之
校對　黃薇霓
發行所　狗屋出版社有限公司
地址　台北市104中山區龍江路71巷15號1樓
電話　02-2776-5889～0
發行字號　局版台業字845號
法律顧問　蕭雄淋律師
總經銷　知遠文化事業有限公司
電話　02-2664-8800
初版　2019年10月
國際書碼　ISBN-13　978-986-509-046-3

本著作物由紅袖添香(https://www.hongxiu.com)授權出版

定價250元
狗屋劃撥帳號：19001626
網址：love.doghouse.com.tw　E-mail：love@doghouse.com.tw